MINJIAN DE HONG

民间的红

钱续坤 著

合肥工业大学出版社

图书在版编目(CIP)数据

民间的红/钱续坤著. —合肥:合肥工业大学出版社,2018.4
ISBN 978 - 7 - 5650 - 3903 - 4

Ⅰ.①民… Ⅱ.①钱… Ⅲ.①散文集—中国—当代 Ⅳ.①I267

中国版本图书馆 CIP 数据核字(2018)第 067415 号

民 间 的 红

钱续坤 著　　　　　　　　　责任编辑　朱移山　王钱超

出　版	合肥工业大学出版社	版　次	2018 年 4 月第 1 版
地　址	合肥市屯溪路 193 号	印　次	2018 年 5 月第 1 次印刷
邮　编	230009	开　本	710 毫米×1010 毫米　1/16
电　话	人文编辑部:0551 - 62903310	印　张	10
	市场营销部:0551 - 62903198	字　数	152 千字
网　址	www. hfutpress. com. cn	印　刷	安徽昶颉包装印务有限责任公司
E-mail	hfutpress@ 163. com	发　行	全国新华书店

ISBN 978 - 7 - 5650 - 3903 - 4　　　　　　　定价: 28.00 元

如果有影响阅读的印装质量问题,请与出版社市场营销部联系调换。

序《独秀文丛》

　　丁酉年是我的本命年。年初，我即作出一个决定：暂别京城回故乡。沈从文说：一个士兵不是战死沙场，便是回到故乡。我不是士兵，北京之于我也算不得战场，但我现在需要回到故乡。父母业已离去，故乡即是家园。我在安庆的江畔购置了一处房产，三楼是工作区域，有书房和画室，有阳光房和茶室。每日在这里写写画画，闲暇南望，眼前大江一横，水天一色，江南峰峦一带，江上帆樯几点——颇有点张陶庵《湖心亭看雪》的意思。而我这里，叫"泊心堂望江"——泊心堂是我的斋号。岁末迁入新居之际，适逢朱移山出差到此，顺便给我捎来了两件宣纸。那天来的朋友很多，济济一堂。茶过三巡，朱移山即给我出了题目，说怀宁有五位中青年作家，将在他供职的出版社集中出一套散文集，名号"独秀文丛"，希望我能写个序言。我未作踌躇当即答应，对家乡涌现出来的这些比我年轻很多的写作者，我是高兴的，尽管这是件多余的事。

　　对于一个写作者，都会面临这样一个不是问题的问题，即：为什么需要写作？诚然，写作的动机因人而异。去年安徽文艺出版社出版"潘军小说典藏"，在序言中对此我有如下阐述——

　　　　我是个自由散漫的人。换言之，我毕生都在追求自由散漫。当初选择写作，看中的正是这一职业高度蕴含着我的诉求。通过文字进行天马行空的想象与自由表达，以此建筑自己的理想王国。这种苦中作乐的美好与舒适，只有写作者亲历才可体味。

这是我写作的动机。但不是全部。随着时间的推移，我意识到，我的写作动机其实还包括对写作本身的迷恋，或者说是对文字叙述的迷恋。我们习惯把好的散文称作美文，这美，在我这里主要是语言文字之美。语言文字其实也不仅是载体，同时也应是被载的一部分，如同喝红酒，总会向往一只高脚酒杯，尽管用瓷缸来喝丝毫不改变酒的味道，但会让你感到一种莫名的缺憾。文字之美的发现与领悟，是需要历练的，年轻时容易会被华丽、冷僻甚至艰涩的辞藻所迷惑，以为这样才是与众不同的高深，其实不然。后来就会觉得，准确平白的文字更耐人寻味，朴素的美终是大美。然而这种朴素的文字之美往往是不易察觉的，比如"一株是枣树，另一株也是枣树。"（鲁迅《野草·秋夜》）鲁迅没有直说"我的后园有两株枣树"，当你第一次读时，你或许会放过这样的句子与表述，甚至会觉得啰嗦。可能某一天，你再与这样的句子邂逅时，你会怦然心动，你会发觉这其中大有意味。至少，我会觉得这样的表述有语气上徐缓，有形式上的映照，有视角上的转换。1993年，我在海口与前辈作家汪曾祺先生有过一次关于小说语言的谈话，他说很多人说他的小说像散文，他说自己也分不清小说与散文的界限在哪里。但他认为：某种意义上，写小说就是写语言。这句话给我印象极深，我想对于每一位写作者都应该是很好的启迪。

我与散文的写作没有多少经验，写得也不多。在我浏览过五位作者的若干篇什之后，我更多的是被他们写作的姿态所打动。一个时代总会拥有她的写作者，如今的文学，早已远离了喜庆的年月，失去了热闹，倒是意外获得了一份安静。这种源自心灵的安静，正是一个真正的写作者需要恪守的。就散文创作而言，在我这里，现当代散文的高度，依然是周氏兄弟。他们的散文，我每年都会读。有时候我会想，我的这种偏爱究竟是何缘故？是钦佩鲁迅的思想深度，还是欣赏周作人的冲淡文风？最后我发现，我喜爱的是他们的文字。白话文写作，始于胡适，终于鲁迅。如果说胡适开启了白话文写作的局面，那么，最终由鲁迅呈现出辉煌。我甚至认为，只有深爱文字的人才能写出好的散文。

　　怀宁是一块文化的土地。近现代史上出现过陈独秀这样划时代的新文化运动领袖，当代史上出现过海子这样的浪漫诗人——今天，是海子的诞辰，也是他的忌日。1989 年的这一天，我在芜湖，突然接到他离世的消息，悲从天降，盘踞心头久不散去。二十九年后的今天，我为他作了一幅画，以寄托我的哀思：一片苍茫的雪原，一株瘦弱的树，一个渺小远去的背影，给我们留下一派广袤的寂寥。我想以圣洁代替惨烈。所以当我写这篇文字时，心情是沉重而复杂的。我只想告诉几位比我年轻的朋友，写作的路只会越走越窄，但是，也会越走越远。

　　是为序。

潘　军

2018 年 3 月 26 日，于安庆

散文的"设色"（代自序）

钱续坤

近代实验心理学告诉我们：色彩的经验类似感动或情绪的经验。作家对色彩的敏感并不亚于画家，不过因为文笔和画笔的不同，于是在对色彩的反映上和诉诸欣赏者的方式上也有所不同而已。因此，散文作家往往会通过联想调动语言的七色板，将情思溶于灵山秀水、奇花异草、星云风月和人情风俗的描绘之中，然后组成一幅幅自然朴素的或者多姿多彩的艺术画面。这些艺术画面，不但和绘画一样能够使视觉产生审美愉悦，而且比绘画更能深层次地、立体地抒发作家丰富多变的情感，加深作品的意境，以激发读者心灵上如痴如醉的享受和脑海中无边无际的遐想。

其实，我国古代文论家早就注重文章的色彩美，刘勰《文心雕龙·情采》中有："立文之道，其理有三：一曰形文，五色是也；二曰声文，五音是也；三曰情文，五性是也。"这里，他把"五色"作为"立文"之首，足以说明色彩的重要。反映到古典诗词中，有白居易的"日出江花红胜火，春来江水绿如蓝"，李贺的"角声满天秋色里，塞上胭脂凝夜紫"，周邦彦的"烟中列岫青无数，雁背夕阳红欲暮"，蒋捷的"流光容易把人抛，红了樱桃，绿了芭蕉"，等等佳构妙制。但是古典诗词囿于篇章的容量和主题的深化，诗人们虽然也能赋予各种色彩以特定的情绪和审美的意趣，可终究不能如在散文中那样驰骋自如，纵横开合。范仲淹的《岳阳楼记》描写洞庭湖的春阳之景，就是多层次地将"绿"与"白"这两种色彩进行组合，浓淡相宜，色调和谐，体现了大自然的勃勃生机与空灵浩荡之美。

不过，散文中的色彩，又并不是把客观生活中的所有颜色任意拼凑而成。色彩美，是基于作家的情感经历和生活体验，再有目的地精心调配和巧妙安排才表现出来的。我们知道，由于色彩中的红、黄、橙会使人产生温暖、热烈的感觉，所以称为暖色；青、蓝、紫则会令人感到寒冷、沉静，所以称为冷色；绿是平和之色，常使人与蓬勃的生命联想在一起，故不同的作家在描写不同的景物时，自然会选用不同的色彩来表达不同的情感。例如，刘白羽的《长江三峡》中的景物描写："过了八公里长的瞿塘峡，乌沉沉的云雾突然隐去，峡顶上一道蓝天，浮着几小片金色浮云，一注阳光像闪电样落在左边峭壁上。右面峰顶上一片白云像银片样发亮了，但阳光还没有降临。这时远望前方，层峦叠嶂之上，迷蒙云雾之中，忽然出现一团红雾。你看，绛紫色的山峰衬托着这一团雾，真美极了，就像那深谷之中反射出红色宝石的闪光，令人仿佛进入了神话境界。"这一节景物描写，作者就抓住了色彩的变化无穷，绚烂缤纷，鲜明地表现了雄奇的瞿塘峡的万千气象，抒发了作者热爱祖国山河的真挚情怀。所以，文论家顾起元说："作者内激于志，外荡于物，志与物泊然相遭于标举兴会之时，而猗旎佚丽之形出焉。"

有时候，部分作家并不是用复色来表现情景交融、和谐统一的诗情画意，而是通过一种单色来浸渍情感，来深化文章的中心。在绘画上，著名画家齐白石、黄永玉就常用这种手法。比如画荷花，本来是没有正红色的，但他们却敢大胆运用，这在手法上虽是一种夸张，但在艺术上却是极真实的，这种真实性就在于画家把色彩的属性强调到了绝顶，因而易使人们感受到自然界内在的更纯的素质。在强调色彩这一点上，朱自清、茅盾可谓与画家不谋而合。朱自清的《绿》，就巧妙地把"绿"放在自己感情波涛起伏的轨迹上，十一次写出了"绿"所变幻出来的许多奇异的色彩；茅盾的《风景谈》，是以忆念和礼赞革命圣地延安的"红"作为意境主色的，从沙漠驼铃到高原的夜色和夕阳，从雨天山壁石洞里的恋人到保卫疆土的哨兵形象，都是以淡淡的"红"来点染与烘托的，并以此来赞美抗日战争时期中国共产党领导下的解放区军民火热的战斗生活和崇高的精神境界，表达作者对解放区的无限热爱和向往。

设色，并非只有色彩浓重、对比强烈、突出主色才有感染力。如果只是这样片面地理解，绘画的艺术也就俗了。中国的水墨画是不设色的，不过准确地说，应该是以不设色而设色，于无色中见真色。观郑板桥的竹，于浓淡之间确乎看得见他题画诗中所说的："清香十月寒霜后，一种苍苍笼碧烟。"所以我们说，浓艳固然是一种美，清淡也是一种美。有些散文写了色却不设色，没有色，而其佳处又远胜于色。如巴金的《灯》，这篇文章写于抗日战争的相持阶段，当时国统区的抗战文艺运动转入了艰苦斗争时期，作者辗转于昆明、重庆、成都之间，目击到国民党的倒行逆施，看到的是阴冷、凄凉、黑暗、腐败的社会生活，所以作者在文章开头说："我半夜里从噩梦中惊醒，感觉到室闷，便起来到廊上去呼吸寒夜的空气。"而在文章的主体部分，作者并没有去刻意地设色，而是以"黑暗"这一底色作为全文的"画布"，只是在最后点明："在这人间，灯光是不会灭的——我想着，想着，不禁对着山那边微笑了。""灯"的光线是明亮的，这明亮就可以给黑暗中的人们以鼓舞和温暖，给渴望胜利的人们以勇气和力量。

　　同时，还必须注意的是，在很多散文家的笔下，色彩常常被赋予某种象征性的意义。色彩的象征，就是以某种或者某些特定的色彩，去象征比附某种有形的事物或无形的思想和情感。一般来说，白色比喻纯净、圣洁，黄色暗示富贵、至尊，红色预示热情、温暖，蓝色代表深邃、宁静，黑色象征沉重、悲哀，绿色寄予生命、希望，等等。由于色彩自身有了暗示性，读者通过联想，就能领略到散文题旨象征的美与蕴涵内在的美。杨朔的《香山红叶》："我却摘到一片更可贵的红叶，藏到我心里去；这不是一般的红叶，这是一片曾在人生中经过风吹雨打的红叶，越到老秋，越红得可爱。"彭荆风《驿路梨花》："我望着这群充满朝气的哈尼小姑娘和那洁白的梨花，不由得想起了一句诗：'驿路梨花处处开'。"这里，"红"与"白"的象征意义是不言而喻的。

　　当然，散文的设色并不局限于上述几点，但即此一斑，我们不难窥见色彩在作家的笔下，可以产生何等神奇的魅力！

目　录

![第一辑 红之魅] 第一辑　红之魅

红玫瑰 ·· （003）

红月季 ·· （006）

红蔷薇 ·· （008）

红牡丹 ·· （010）

红木槿 ·· （013）

红莲花 ·· （015）

红芙蓉 ·· （018）

红桃花 ·· （020）

红梅花 ·· （022）

红花草 ·· （024）

红杏花 ·· （026）

红杜鹃 ·· （028）

红芍药 ·· （030）

红茶花 ·· （032）

红豆蔻 ……………………………………………………… （034）

红枫叶 ……………………………………………………… （036）

红石楠 ……………………………………………………… （038）

🌿 第二辑　红之味

红杨梅 ……………………………………………………… （043）

红樱桃 ……………………………………………………… （046）

红石榴 ……………………………………………………… （049）

红枣子 ……………………………………………………… （051）

红山楂 ……………………………………………………… （054）

红番茄 ……………………………………………………… （056）

红柿子 ……………………………………………………… （058）

红枸杞 ……………………………………………………… （060）

红苹果 ……………………………………………………… （063）

红草莓 ……………………………………………………… （065）

红荸荠 ……………………………………………………… （067）

红葡萄 ……………………………………………………… （069）

红桑葚 ……………………………………………………… （072）

红菱角 ……………………………………………………… （074）

红山芋 ……………………………………………………… （076）

红萝卜 ……………………………………………………… （079）

红高粱 ……………………………………………………… （082）

红辣椒 ……………………………………………………… （084）

红苋菜 ……………………………………………………… （086）

🌿 第三辑　红之物

红双喜 ……………………………………………………… （091）

红鞭炮 ……………………………………………………… （093）

红肚兜 …………………………………………………… (096)

红盖头 …………………………………………………… (098)

红头绳 …………………………………………………… (100)

红胭脂 …………………………………………………… (103)

红蜡烛 …………………………………………………… (106)

红绣球 …………………………………………………… (108)

红木匣 …………………………………………………… (110)

红笸箩 …………………………………………………… (113)

红砂糖 …………………………………………………… (115)

红鸡蛋 …………………………………………………… (117)

红灯笼 …………………………………………………… (120)

红对联 …………………………………………………… (122)

红纸包 …………………………………………………… (124)

红月亮 …………………………………………………… (126)

第四辑 红之灵

红蜻蜓 …………………………………………………… (131)

红鸡公 …………………………………………………… (133)

红鲤鱼 …………………………………………………… (135)

红蚯蚓 …………………………………………………… (138)

红瓢虫 …………………………………………………… (140)

红蜘蛛 …………………………………………………… (143)

后记：天地间那一抹袭人的红 …………………………… (145)

第一辑　红之魅

红 玫 瑰

　　"水陆草木之花，可爱者甚蕃。晋陶渊明独爱菊。自李唐来，世人盛爱牡丹。予独爱莲之出淤泥而不染，濯清涟而不妖……"这是北宋理学家周敦颐的散文《爱莲说》，文章开门见山就直抒胸臆地发了几句表白，这说明人们对大自然美丽尤物的钟情与喜爱，在某种程度上随着时代的变迁和岁月的更替而会有所不同。既然如此，那么当下哪一种花朵最为养眼，也最为抢眼？答案不言而喻：非红玫瑰莫属！

　　事实也的确如此——因为爱情是这个世界永恒的主题，而作为忠贞爱情的象征，红玫瑰，在烟雨中滋润，在浪漫中艳丽，宛若手牵手的温暖，心对心的呵护，最终会绽放为灿烂的笑脸，温柔的眼神，让甜蜜更接近甜蜜，让幸福更靠近幸福。因此，不论是在气氛浓烈的情人节前夕，还是平淡无味的日常生活中，大街小巷色彩缤纷的花店里，那色彩浓烈、香气逼人的红玫瑰，犹如一幅浪漫的画，一支婉转的曲，绝对是花中的主角，被选的宠儿。尤其是那稚气未退的青涩男生，手捧一掬娇艳的玫瑰，激动而又羞赧地从人群中走过，绝对会吸引众多惊羡的目光，不约而同地聚焦到他的身上；还有一幕场景也常常让人感怀，那就是在喜结连理的结婚典礼上，红玫瑰那如火如荼的热烈与充满生命力的朝气，更会感染在场的每一位亲朋好友和来客嘉宾，这时如果有一支曼妙的歌曲悠然响起，那真是情景交融、精彩绝伦了："美丽的红玫瑰，是你天使般的美，把我美丽的梦依洄，你那美丽的芳馨，爱的圣洁，在我的梦里常醒不醉……"

母亲每每在电视中看到这样情深意浓的温馨画面，眼眶里似乎总是噙满了幸福的泪水，有时还喃喃自语地说些不知所云的话语。一开始，我并没有将母亲的言语举措放在心上，有一次，她却冷不丁地问了我一句："那玫瑰是不是咱们乡下的月季和蔷薇呀？"支支吾吾了好长一段时间，我并不能为母亲给出正确的答案，因为尽管是在乡村长大的孩子，对这三种花朵的精准识别，那时只是觉得形似，真的没有绝对的把握。后来发现不仅仅只有母亲生发出这样的疑问，更有年迈的翁妪聚在一块闲谈："现在城里的年轻人啊，真是浪漫又浪费，那玫瑰花要好几块钱一朵呢！你看看这房前屋后，那开的不都是玫瑰花吗？"看到老人们对那消费而惋惜和对那拥有而自豪的神情，我不禁哑然失笑起来——很显然，这也是一群和母亲一样不会附庸风雅的率真之人！

实际上，真正令人发笑的还是孤陋寡闻的我自己。当然，这也是后来通过查找资料才知晓的。从植物学的角度来看，玫瑰与月季、蔷薇都是属于蔷薇科的植物，它们虽然在枝、叶、花、果等方面拥有众多的相似点，但是仔细区分还是存在着许多差异，仅以花期为例，玫瑰一般在春季开花，花期为一个月左右；蔷薇多在5月至9月开花，次第开放的时间可以延续到半年；而月季只要温度和肥水比较合适，一年四季都可以常开不败。正是这种花期上的差异性，导致现在花店中出售的很多"玫瑰"，其实都是杂交玫瑰（也称现代蔷薇或现代月季），它是数百年来由许多种蔷薇花及月季花育种杂交所诞生的产品，因此很难说这种混杂着众多蔷薇科植物的植物，究竟是属于哪一种了。从这个意义上说，乡村翁妪所言的房前屋后到处都是盛开的玫瑰，算不算是一种认知上的谬误呢？

乡亲们可不管你这是真理还是谬误，在他们的认知世界中，存在的就是合理的，合理的就可以从实用主义的角度出发，来加以保护、开发和利用。中医医书多有记载："玫瑰，性味甘，微苦，气香性温，有利气行血、治疗风痹、散疲止血的功效。"另外，玫瑰花还能加工成玫瑰酒、玫瑰露、玫瑰茶等多种产品，据说经常饮用这类食品，可以舒筋活血和美容美颜。在我的家乡，还有一道被明朝朱棣皇帝钦赐的"宫廷名点"，叫作"顶雪贡糕"，此糕的夹心除了芝麻、桂花之外，用得较多的就是红玫瑰。试想一下那糕"薄如纸、捻如牌、白如雪、燃如烛"的鲜明特点，再看看那红白相间的精妙绝配，不要说垂涎欲滴去品尝，就是举在手中美美地欣赏一番，恐怕在精神上也是莫大的快慰与享受吧！

当然，最美妙与最惬意的事情就是，多么希望自己能够怀抱一掬红玫瑰，或是单膝跪地，向着心爱的人倾情表白；或是热情相拥，然后做个好梦自眠……

红 月 季

　　俗话说："人无千日好，花无百日红。"乍听起来，觉得此语蛮有一定的道理，并不厌其烦地在不同的场合予以阐述和诠释，及至读了苏轼的诗句："花开花落无间断，春来春去不相关。牡丹最贵惟春晚，芍药虽繁只夏初。唯有此花开不厌，一年长占四时春。"这才知道常开不败的月季实在有点另类，竟然可以无间断有序地将娇艳演绎成长久的绚丽。

　　或许正是因为这种卓尔不群的特性，不论是在城市还是在乡村，月季永远都是百花园里的宠儿，特别是我那审美情趣偏重于暖色的父老乡亲，对姹紫嫣红的月季更是高看一眼，厚爱一层。其中的原因分析起来，除了花期长之外，再有就是花形美且花味浓，这样栽植在用篱笆围成的庭院中，阳春可与桃李争艳，炎夏能和蔷薇媲美，金秋携手黄菊凌霜，寒冬比肩蜡梅怒放。还有什么花朵能让人如此为之驻足凝望，流连忘返呢？

　　月季的新叶多在地气渐升时，从那满身都是锐刺的茎上悄悄绽出。叶呈嫩红色，边缘仿佛被锯子锯过一般，非常有规律地布满了锯齿；待到叶子再由猩红色渐渐变成深绿色时，你可要小心了，这些锯齿是非常扎手的，弄不好，会使你感觉奇痒无比，痛苦难当。儿时顽劣，经常采摘月季的叶子搞恶作剧，或在同桌的手臂上轻轻一划，或往发小的颈脖里潇洒一丢，结果皮肤之上那一抹细小的血痕，肯定会误导时刻心疼着你的母亲："这孩子，实在太调皮了，肯定又被老师用藤条教训了一回！"听到这样的话语，你肯定是百口难辩，而小伙伴们却躲在墙角的一隅，早已忍俊不禁，嘻嘻哈哈地笑成了一团。

　　尽管月季的叶子难逃被采摘的厄运，然而对于那些身穿绿色外衣的含苞花蕾，小伙伴们在各自母亲的叮咛与呵斥中，很少再有人去碰它了。就在大家不经意间，月季绿色的外衣被里面粉红的花瓣慢慢地撑开了，先是外层的花瓣向四周静静地伸展，而里面的几层依然紧紧地合拢在一起，此时的月季犹如羞赧的少女，怯怯又偷偷地打量着眼前的物华苒苒，布谷催耕；暑气乍现，万木葱茏，羞赧的少女长成了窈窕的村姑，月季将自己缤纷的心事层层地舒展开来，呈现出嫩红、玫红、洋红、深红、金黄、墨绿等诸多色彩，其花叶重叠，花型匀称，高贵而娉婷，大气而精巧，鲜艳中带着一种蜡质，令人眼花缭乱，目不暇接；最令人称奇的是，有时一朵花两种颜色，一边艳紫，一边洁白。无怪乎古人会情由心生地来礼赞月季："叶里深藏云外碧，枝头长借日边红""娇颜映日含香远，媚影临窗带露湿""一尖已剥胭脂笔，四破犹包翡翠茸"……

乡村的姑娘和大姐自然不会明白这些诗句的意外之旨，韵外之致，可是在她们的潜意识里，能够月月红、季季红的花朵，一定是吉祥如意、幸福美满的象征。故而农闲时节挑灯夜战女红时，"花中皇后"的月季与"国色天香"的牡丹通常是比肩而立，同时还会以不同的组合出现在被单、枕头、窗帘、帷帐、肚兜等之上，例如，在花瓶内安插月季的图案，寓意"四季平安"；在月季的两旁各绣两个元宝，暗喻"四季发财"等。显然，在月季的身上，寄予了人们对幸福生活的美好憧憬，对人生理想的朴素愿景。实际上，月季的象征意义远不止于此，只不过站立的角度不同，父老乡亲对其不为所知或者知之不多而已。粉红色月季的花语为"初恋、优雅、高贵"；大红色月季的花语为"热恋、贞节、勇气"；白色月季的花语为"尊敬、崇高、纯洁"……就连黑色的月季也代表有个性和有创意。如此具有文化色彩和象征意义的花朵，怎么可能会少了纤纤玉手为之精描细绘，文人骚客为之低吟浅咏，丹青雅士为之挥毫泼墨？

别看月季在中国十大名花之中排名只是位列第五，可在民间，它还是一味奇妙的妇科良药呢！中医认为，月季味甘，性温，入肝经，有活血调经、消肿解毒的功效，更由于其花祛瘀、行气、止痛的作用明显，故常被用于治疗月经不调和痛经等病症。将月季独特的药性反哺给月季一样美丽的女人，这也算适得其所，或者说两全其美吧！

不因季节变换而灿然开放，不因美德在身而居功自傲，月季，月季，别说父老乡亲对你心有所系，情有所牵，就连我这不解风情的一介书生，也对你惊诧莫名，刮目相看了……

红蔷薇

　　生于乡野村陌，花花草草自然认识不少，但是真正用心侍弄过的并不是很多。也许正是因为没有亲密地接触，致使我对一些形似的植物难以准确地分清，譬如玫瑰、月季与蔷薇，如果它们相对独立地让我去辨别，那极有可能张冠李戴。

　　事实上，玫瑰、月季和蔷薇这三者是同科同属的姊妹花，尽管它们在形态上有所相似，不过仔细观察它们的枝条、叶片与花朵，本质上的区别还是比较明显的。蔷薇茎干细长，密生小刺，羽状复叶，叶缘有齿，花朵簇生，芳香袭人；更为突出的是，蔷薇的枝条蔓生，喜欢攀缘，有着顽皮的个性，是乡村庭院天然的篱笆。而玫瑰和月季相对就要文静贤淑许多，同时也要娇生惯养一些，就像乡间那些十五六岁的小姑娘。

　　老家最早的庭院就是由篱笆圈拢而成的，篱笆的原材料无非是柳条与蔷薇而已。柳条的适应性特强，无论什么时候扦插下去，浇点水就能长得郁郁葱葱；蔷薇的抗旱性极好，栽植下去就可以不管不问，等到春日气暖，那藤呀蔓呀开始蠢蠢欲动，用不了几天时间，沉寂枯瘦的篱笆就会丰润生动起来，葳蕤成荫，翠色欲滴。

　　春末夏初，篱笆墙上的蔷薇悄然打起了骨朵，仿佛点点珍珠闪烁在繁密的枝叶之间。蔷薇的花形与花色因品种而异，有红、粉、黄、白等多种颜色，而我最喜欢的则是红蔷薇。缘由非常朴素，因为那竞相怒放的姹紫嫣红，颇像母亲陪嫁过来的那一床锦缎被子。尽管那床被子珍藏在壁橱里面，可是一直花团锦簇地在我的心中美丽着。那种感觉，绝不是矫揉造作的华丽惊艳，也不是偶遇仙姝的惊鸿一瞥，因此每到初夏时节，我总是喜欢伫立于篱笆之前，看那红艳艳的花朵在油绿发亮的碧叶间亭亭摇曳，看那鲛绡似的花瓣中心探出纤细嫩黄的细蕊，眼波流转，浅笑盈然。

对于蔷薇的喜爱还有一个重要原因，就是它的蔓与花可以食用。当然，食蔓必须是在仲春时节，蔓在此时生长的速度最快，尤其是在春雨过后，几乎可以用"窜"字来加以形容。采蔓虽然不是技术活，但是得小心谨慎，否则极有可能被它满身的利刺扎破手指；采时还要注意分寸，最好是从半腰之处折断，因为它的下半部分已经变硬，根本无法食用，有点嚼头的是它的嫩芽；吃时还得剔除上面的新叶与细刺，它的味道甜中带涩，并有一股淡淡的清香。蔷薇的花则常常被母亲摘下来熬粥，不过其放入的时间多在粥基本熬好之后。那时的生活条件并不是很好，所谓的粥也不过是开水之中加入一些芋干、野菜和碎米之类的混合物，但是放入了蔷薇花的效果就大不一样，至少它鲜红的色彩能激发起我们强烈的食欲，狼吞虎咽地喝下两大碗，足以将肚皮撑得饱饱的。后来我还了解到，蔷薇花具有极高的经济价值，可从中提取芳香油和香精；野生的蔷薇籽和蔷薇根还可入药，有清暑和胃、利湿祛风、活血解毒的功效，看来蔷薇一身全是宝呀！

年少时还曾经做过这样的事情：将红蔷薇的花儿摘下，一瓣一瓣地分开，然后小心翼翼地夹在书页之中，权当彩色的书签。多年之后再去重翻旧书，尽管这些书签已经褪去了本真的色彩，可是纹理依然清晰，香气依然淡远，它们安静地睡躺在书页之间，含羞不语，温婉动人，这使人情不自禁地想起《诗经》里的句子："静女其姝，俟我于城隅。爱而不见，搔首踟蹰。"——蔷薇一般的静女，恬淡一般的意境，悠远一般的情怀，难道真的能够让人超然物外，宠辱皆忘？

显然，我超然不了，也遗忘不掉，因为故乡的一花一草总是让我牵肠挂肚，因为家园的一沟一渠总是让我魂牵梦绕……

红 牡 丹

　　如我这般迈入中年门槛之人，对"百花之王"牡丹的认知与了解，想必与 20 世纪 80 年代流行的歌曲《牡丹之歌》有着一定的渊源与联系。蒋大为热情奔放、音清质淳的演唱，不仅酣畅淋漓地倾诉了人们对牡丹的喜爱之情，而且通过拟人化的手法，形神兼备地再现了牡丹的容貌特点和性格特征：百花丛中最鲜艳，众香国里最壮观……

　　鹦鹉学舌地将这首歌曲哼唱过无数回之后，心中兀生一睹牡丹国色天香与雍容华贵的冲动想法。可是在长江中下游地区的乡村，这种色泽艳丽、玉笑珠香、端庄秀雅、仪态万千的花儿并不多见。千里之外的古都洛阳虽然是"花开时节动京城"，可蜗居穷乡僻壤的顽劣少年，哪里有条件和能力去一睹芳容先登呢？遗憾也就这样郁积于心，久久难以释怀。好在那时用铜版纸印刷的挂历与年画上，偏爱以形态各异的牡丹为主题图案，这样才有机会欣赏到她缤纷艳丽的花色：那黄的庄重矜持，那红的如火如荼，那粉的娇柔婀娜，那白的一尘不染；才能近距离地去甄别着她俊秀婆娑的花形：那荷花型的娉婷娇美，那绣球型的花团锦绣，那菊花型的舒展妩媚，那皇冠型的富贵典雅……不过我与乡亲们的审美观点基本一致，都对绚丽璀璨的红牡丹情有独钟，究其原因，或许与红牡丹喜庆、吉祥、富贵、圆满的象征意义存在着必然的联系吧！

　　第一次真正接触到"一夜轻风起，千金买亦无"的牡丹，准确地说，是在学了东汉乐府长诗《孔雀东南飞》之后。《孔雀东南飞》的故事发生地小吏港，距我所在的村庄不足 30 公里，当时听说那里有一株 300 多年历史的"乾隆牡丹"闻名遐迩，于是心痒难耐，邀约三两位好友，骑着借来的自行车，一路风尘仆仆地奔将过去。正是"一犁膏脉分春垄，只慰农桑望眼中"的谷雨时节，这株享有"五彩珍珠"美誉的"乾隆牡丹"，依着土坯的院墙，像温柔贤淑的村姑，落落大方地挺立在花圃之中，那碧绿的叶片如水洗过一般，坦然舒展，娇翠欲滴；那又圆又大的花瓣重重叠叠，妖娆妩媚，围绕花蕊从内到外呈现出一份华彩与高贵，一份灵性与神韵，尤其是那从金黄到大红到水红到浅红到半白半红自然过渡的五种颜色，不得不令人颔首称道，拍手叫绝。无怪乎有诗这样赞道："花开花谢本寻常，底事家家兴欲狂。百多奇葩真富贵，十分香色大文章。天香端赖无公力，国色全凭国势昌。莫让凤凰先朝觐，人人争作探花郎。"

也许正是基于"人人争作探花郎"的心理暗示，小吏港的"乾隆牡丹"不仅在我的脑海中留下了深刻印象，还诱使我在走上工作岗位之后，寻找一切机会，将近乎贪婪的目光盯向了更远的地方："绿艳闲且静，红衣浅复深"，让我记住了王维对洛阳牡丹的赞誉；"花魁多芬芳，天下第一香"，让我知道了溥杰对菏泽牡丹的首肯；"江南牡丹俏，常熟第一枝"，让我明白了世人对常熟牡丹的褒扬……或远或近地欣赏一番之后，曾经对草木产生浓厚兴趣的我，不免生发出这样的疑惑：这雍容华贵的牡丹，难道仅仅只是繁华都市的宠儿，文人雅士的最爱？其实，端庄富丽的牡丹自与人类结缘以来，就以其特殊的文化特性与象征意义，备受普通百姓的青睐和喜爱。即使在垄亩之中，牡丹盛开的芳容难以被觅到，但这并不妨碍乡亲们借用各种有关牡丹的祝词、绘画、刺绣、挑花，等等，来表示对国家繁荣昌盛的祝福，对政通人和的向往，对幸福生活的期盼。

记得很小的时候，每到春节的前夕，父亲都要在家中堂轩正中的墙上悬挂一幅《富贵长寿》的年画，此画由几朵盛开的牡丹、两只翩飞的蝴蝶和一只淘气的猫咪组成。当时只是觉得那牡丹花大、形美、色艳，非常夺人眼球，可对构图中的蝴蝶和猫咪百思不得其解，甚至觉得那是败笔，显得比较累赘，问稍微见过世面的父亲，父亲也是无可奈何地摇摇头。待至后来接触到源远流长的民俗文化，这才发现此图颇有意味——"猫"与"耄"音近，"蝶"与"耋"音同，寓意"长命百岁"；牡丹正午盛开，表示旺盛，原来这就是《富贵长寿》图所要表达的主旨所在。掌握了牡丹的这个象征意义，再去翻那精美的牡丹挂历，你会惊喜地发现，那《凤戏牡丹》《满堂富贵》《繁花似锦》等图案，基本都是隐喻、象形、谐音等表现手法的形象再现。

"冰封大地的时候，你正孕育着生机一片；春风吹来的时候，你把美丽带给人间……"哼唱着这首脍炙人口的《牡丹之歌》，我仿佛看到那春天的百花园里，那姹紫嫣红的牡丹，正在美目盼兮、巧笑倩兮地招呼来往的游客：花开富贵！吉祥如意！

红 木 槿

　　在社会阅历不够丰富、知识掌握不够全面的前提下，许多人会犯下望文生义或者断章取义的错误，对于木槿，我便是如此。在不知道这种木本植物之前，我想当然地认为，拥有如此好听的名字，这种花一定是比牡丹还要美丽，比茉莉还要娇艳的。而事实上，当《植物百科全书》的彩色图片艺术地呈现她的芳姿时，自以为博览群书的我，不禁哑然失笑了：这红木槿不就是咱父老乡亲经常唤作的碗丬花吗？

　　"碗丬花"的来历不得而知，如果牵强附会一点，我想肯定与她的形状有着一定的关联。因为在我童年的记忆里，依然清晰地记得大人对小孩的警告：千万不要玩这种花，不然吃饭会不小心将碗打碎的！要知道，那时的一只碗还是比较贵重的。碗掉到了地上，会碎成四五瓣，就如同扯落的木槿花瓣，再也拼不成完整的一朵。胆小的会因此吓得哇哇大哭，顽皮的则会撒开脚丫跑得无影无踪，否则家中的长辈肯定会折下一根木槿的枝条，在你的手上或者屁股上留下道道血痕，让你从此多长点记性。

　　"碗丬花"的称谓虽然是方言，比较俗气，可正是这种俗气，恰恰反衬了红木槿的雅趣——这种雅趣主要体现在她的花语上。众所周知，"纯洁"是百合的化身，"富贵"是牡丹的象征，"忠贞"是茶花的代言……这些花语现已基本形成共识，而将木槿借喻为"温柔的坚持"，这多少让人感到迷惑不解，甚至有点匪夷所思：她是如何的温柔？又该怎样的坚持？

　　木槿在我们乡下是一种低贱的植物。说她低贱，是因为她与柳条、蒺藜一样，都不需要刻意地栽种，但她的生命力极其旺盛，房前屋后、田间地头、沟旁渠边、陌上垄下，处处都能看见她摇曳生姿的倩影。盛开的木槿花，仿佛一支支面朝天空的喇叭，那粉红色的花瓣，柔软如金丝绒；那嫩黄色的花柱，鲜亮似油菜花；而在花朵的背后，密布着一层细细的绒毛，那绒毛在阳光的透视下，熠熠闪烁着一圈淡淡的光晕，很容易让人感到一种迷离而艳丽的美。如果实在经受不住这美的诱惑，你不妨将木槿的枝条拨拉到自己的跟前，低头去轻嗅她的芬芳。一阵清风徐来，木槿清淡的香味会柔柔地钻进你的鼻孔，悠悠地滑过你的脏腑，让你感觉浑身被一种温柔的情愫所包围、所弥漫、所贯穿，真是神清气爽，舒坦熨帖！难怪唐朝诗人戎昱都要写诗赞曰："自用金钱买槿栽，二年方始得花开。鲜红未许佳人见，蝴蝶争知早到来。"

说到木槿的坚持，我惊诧于她的两大特色：一是花期很长，从夏初可以一直延续到秋末；二是朝开暮合，每一次凋谢都是为了下一次更绚烂地开放。木槿的花期与紫薇相比应该说不相上下，这在时间上的坚持，注定她在夏秋两季，都将是时令艳丽的使者；而朝开暮合，预示着她在意志上的坚持，不知要比其他花朵强许多倍。因为一些花朵在凋谢之后，就不会再有机会绽开美丽的容颜，红木槿却迥然不同，她在第二天的太阳升起之后，依然会不遗余力地打开自己的心房，如清纯素婉的女子，美得蚀骨寂静，雅得冰清玉洁。尤其难能可贵的是，木槿花不畏夏雨的狂泻，不恋秋雨的缠绵，她摒弃虚伪，远离忧伤，一如既往，静静地开；默默无闻，簌簌地落。即使落红遍地，也不黯然神伤；即使香消玉殒，也不颓败惆怅。这种安之若素的坚持，其实就是她心静如水的优秀品质！这种宠辱不惊的坚守，其实就是她淡泊坦然的崇高品德！

写到这里，忽然想起木槿花还有柔情的另一面，那就是她既可以入药，还可以食用。入药，对治疗烫伤的效果十分明显，其做法非常简单：摘下几朵盛开的木槿花，和上香油轻轻地捣烂，再将花泥小心地涂抹在伤处，要不了多长时间，那红肿很快便会自行消失。而在食用时需要注意的是，得将木槿花的萼片和花蕊择去，仅仅只留下那嫩嫩的花瓣，如果做汤，则入口滑润，鲜美无比；最美味的做法当然还是油炸，不过在油炸之前，应该用和稀的面粉将其整个裹住，出锅之后的木槿花，金黄包着粉红，粉红映着金黄，嚼在口中脆脆的、黏黏的、甜甜的、香香的……真的是别有一番滋味在心头！

碗 𠃌 花，我不能不对你心生敬意；红木槿，我不得不对你另眼相看。是你的温柔，让我更加怀念故乡熟稔幸福的生活；是你的坚持，使我在今后时刻都会牢记：秉持是一种情怀，恪守是一种美德……

红 莲 花

　　困囿于人情的冷暖和白日的喧嚣，每每夜阑人静时分，我总喜欢独自步向离居所不远处的一方池塘，去寻觅那一份田野所氤氲的静谧与幽深，去歆享那一泓静水所展示的恬淡和悠远。

　　聒噪的蛙鸣仿佛已经歇息，萤火虫的亮灯也不知被谁掐灭，只有流泻在水面上的月光，如同薄雾轻纱，似若淡霜浮云，很容易让人想起梦的缥缈与朦胧。而田田的荷叶在我的心中愈发碧绿俏丽起来，我似乎真切地感受到，呈现在我面前的是一片勃勃生机，她们有的秀挺于清空之中，撑起一伞潇洒；有的漂荡在绿波之上，流转出满盘圆润，尤其是那枕在平平静静叶面上的红莲花，秀美的脸上挂着涟涟泪水，仿佛春日大梦乍醒的少女，眸光翩翩地竖起酣寐的意蕴，她们或静卧于悠绵的境界里，或小憩在晶莹的童话中，给人一种不可多得的宁静美，一种超凡脱俗的虚幻美。

　　其实，所有的花儿我都喜爱，因为花朵是大自然从心灵深处绽开的一朵朵微笑，那微笑是灿然纷呈的，是直观热烈的，她给人的色彩绚丽多姿，给人的感受气宇不凡。因此，在我看来，红莲花之所以为物，实质上正是生命纯净的轮回，那伸手可触的青盖与飘逸婉约的花朵，能让人发现她本质的美好存在，并能够永远地伴随着七月的热风，葳蕤地开放在时光的流转中，成为千手观音普泽生命的吉祥象征。

　　莲花中的睡莲在夜晚是不开花的，即使白天一展娇容，也在素雅不妖中别具大彻大悟的佛理禅机。每天清晨，她与其他姐妹一样，从酣甜的梦境里醒来，她那修长的花柄，如柴可夫斯基《天鹅湖》圆舞曲中那只天鹅秀美的颈子，先在水中濯了濯，看看东方开始露出了鱼肚白，于是精心地梳妆打扮起来，然后再缓缓地舒展开她那小巧的花瓣。花瓣是睡莲富有神韵的肌肤，她在波光日影里摇荡，展示着许多圆圆又殷实的希望；她卓然不绝地把自己的清纯高洁，把出淤泥而不染、濯清涟而不妖的哲理寓意，都粉红粉红地袒露着；面对眼前这满池的娴静优雅与高标傲世，谁能够不浮想联翩，不慨然万千呢？我感觉中的红莲花，她是一种信念的存在，是一种灵魂的存在，她让我触摸到了生命无休止的力量，这种力量是大千世界一切美与爱的化身，是佛界冥想中的慈悲之物，是一个绰约千种风情女神的倩影再现。

尤其当我看到莫奈的四十八幅惊世之作的睡莲，绵绵延延地盛开在整个吉维尔尼花园的池塘时，愈加证实了这种感觉上的正确性。这里你完全不必去冥思苦想那些油画所要表现的主题，单是从色彩上就会发现睡莲在千年的沧桑中存在，时光的湖面早就涵纳了所有的辛酸、苦难以及幸福，故如果把莫奈的睡莲同凡·高的向日葵和鸢尾花相比，你就不难看出一冷一热的强烈比照：凡·高的深刻在于热烈奔放，一团火样的思想燃放其中；莫奈发现的却是冷艳中的美丽，有着寒秋凄楚沉重的情绪。这种冷与热所衍生的理性力量，不仅在瞬间沉沉地打动了我疲惫麻木的心，而且已经无数次地征服了世人瞩望的眼，使人不得不由衷地感叹天地造化的旷世之美。

一阵微风吹过，红莲花又款款地频频地摆动起来，那铺在水面上的荷叶于是也轻轻盈盈地起伏着；有时，银灰色的叶背翻转过来，在皎洁的月光映衬下，与游戏其中的鱼儿一起载歌载舞，这样便有了"一茎弧引绿，双影共分红""荷背风翻白，莲腮雨褪红"的名诗佳句，也有了"十里荷塘路，扁舟任往返，一对小儿女，终日在花间"的田园情趣。不过此时我并无心欣赏她的摇曳多姿，更不想沉浸在虚无缥缈的梦境里，我仿佛觉得睡莲永恒地盛开在古今的池塘中，一如心地高洁的诗人的灵魂，欣然绽放出坚韧的声音，向长天宣告一种并不是耽于自怜的苦楚，而是腴沃千里的神明的大同境界，无怪乎屈原要浪漫地把荷花作为自己的衣服、把香草作为自己的衣带，周敦颐要写下传世名作《爱莲说》。这样说来，红睡莲本身就是一首隽永空灵的诗，她从地心里汩汩涌出的不仅仅是花魂，更多的是经过大地的乳汁浸泡过的生灵的呼喊和表白，她让我于沉思默想中窥见了她为挣脱桎梏所做的努力，并且灵犀相通地要面对滚滚红尘，聆听天籁的招引，吐纳清幽的芳醇！

今夜，在这宁静的池塘里，红莲花的叶子睡在铺满月光的涟漪上，红莲花则睡在自己的叶子上。她们做着梦，我也做着梦，我梦见一位国色天香的小仙女，正从红莲花的花瓣里袅袅娜娜地走出来……

红 芙 蓉

　　读宋代周敦颐的《爱莲说》，对其开头两句印象颇深："水陆草木之花，可爱者甚蕃。"那么是否有一种花儿，在水陆均能见其倩影，且在群芳谱里占有一席之地呢？这对于从小就喜欢采花赏花的我来说，觉得当仁不让的莫属芙蓉。

　　"芙蓉"之名，最早见于屈原的《楚辞·九歌·湘君》："采薜荔兮水中，搴芙蓉兮木末"，种属则有"木芙蓉"与"水芙蓉"两类，分别归于锦葵科与睡莲科。木芙蓉并非乡间真正的"宠儿"，多数零星地栽植于院墙外、篱笆边、沟垄间；偶尔也有三五株携手在熟稔的家园，但是它们始终不媚不俗，不妖不冶，只是默默地吸纳酷热的暑气，蕴积天地的精华，彰显葳蕤的生机。待到"秋风起兮云飞扬"之时，甚至是"千林扫作一番黄"之际，那躲藏在绿叶之下的蓓蕾，才会在沁凉的晨露中，扬起一张张白里透红的"脸"。我仔细地端详过这张"脸"，它比牡丹的高贵稍逊两分，比玫瑰的浓艳略输一筹，可是那清晰的纹路，那水红的底色，显得格外地端庄与标致，就像出挑的村姑，素面里透着成熟的美，简朴中不乏清丽的韵，尤其是那金黄色的花蕊，与叠叠皱皱的花瓣互为映衬，常常吸引过往的游人，或赞其美，或羡其芳，或品其性。我私下里曾将芙蓉的蕊与沁人心脾的丹桂进行过比较，虽然颜色相近，但是香味迥异——前者需近前使劲嗅之，方才感觉到淡淡的清香袅娜升起；后者即使相隔百十步，鼻翼之上仍能体验到浓郁的幽香掠过。尽管如此，在我看来，两者都可归入"可远观而不可亵玩焉"之列。

其实，周敦颐所言的"可远观而不可亵玩焉"，是专有所指——莲花。莲花既有"芙蕖""泽芝""菡萏"等诸多别名，更有"水芙蓉"的雅称。这雅称与其说是特定的称谓，不如说是形象的比喻，不信你看呀，在江南水乡，那不濯清涟的荷叶之上，攒动的万茎早已高高擎起生命的辉煌；那此起彼伏的蛙鸣声里，绽放的娇艳正静观莲塘深处的荫凉，在夏日怎样临山呈瑞，照水呈祥。从来不知愁滋味的乡村少年，在那时仿佛就是一只只会凫水的鸭子，成群结队地嬉戏于荷塘之中，莲藕成为午后的美餐，荷花装作漂亮的头饰。这种在水中来回游弋的场景，多年来一直留存在我记忆的深处，及至后来有机会观看到美国米高梅影片公司出品的电影《出水芙蓉》，我都会情不自禁地为少年的那段幸福时光哑然失笑。

失笑的当然还有自己在认知上的谬误。农村的孩子对"木芙蓉"多少是有点印象的，但几乎很少有人知晓"水芙蓉"的雅称，至于那文绉绉的别名，更是闻所未闻。所以等到品读李白的诗句"清水出芙蓉，天然去雕饰"时，我一度偏执地认为，这根本不合常理，并搬出王维的诗句"木末芙蓉花，山中发红萼。涧户寂无人，纷纷开且落"，振振有词地与语文老师理论。我中学时的语文老师虽不是轻捻须髯的老夫子，但是古典文学底蕴深厚，他只引用了韩愈的《木芙蓉》进行比较："新开寒露丛，远比水间红。艳色宁相妒，嘉名偶自同。"这终于使我醍醐灌顶，茅塞顿开——原来它们之间的区别不仅仅体现在植物的种属上，也表现在花开的节令上，"水芙蓉"是盛夏的标配，"木芙蓉"是寒秋的代言。

行文至此，突然想起谢晋执导，姜文与刘晓庆主演的电影《芙蓉镇》。这部反映小人物悲欢离合的电影，不仅在国内外获得了多项大奖，更是使得位于偏远湘西的一座古镇闻名遐迩。我慕名前往芙蓉镇采风时，是在十多年前的一个初春，当时既未亲眼得见"两两轻红半晕腮，依依独为使君回"的木芙蓉，就连"幸喜纤枝摇碧水，偏为玉宇俏红腮"的水芙蓉，在"楚蜀通津"的酉水之上也难觅踪迹。不过这并没有败了我观光的雅兴，因为在我的心中早已坚信，"水陆草木之花"拥有同名者，唯芙蓉而已……

红　桃　花

　　红泥的火炉还在燃烧，新酷的米酒还没斟完，江南的春天就借助杨柳风的翅膀，悄无声息地来到了田垄边、篱扉旁、笋尖上。潺潺的溪水如斗折蛇行，吐芽的芦蒿正酝酿心思，还有那啁啾的鸟雀，似乎在模仿孟庭苇的歌声："你看，你看桃花的脸……"

　　有心思的不仅仅只有芦蒿，还有那"姹紫嫣红竞相呈"的桃花。桃花羞赧的心思就像秤星一样，错落有致地密布在粗细不均的桃枝之上。一只殷勤的鸟雀用喙尖轻轻地啄了一下，最解世间风情的桃花，可不理会那煽情的举止，因为她们的芳心早已暗许给了张志和的渔歌，王摩诘的田园，李太白的幽情。

　　白鹭斜飞，鳜鱼正肥。之前蛰伏在枝蔓上的苞芽，在淅沥春雨的润泽之下，水汪汪的，绿莹莹的，像小姑娘的眼睛，剔透、澄澈、清纯。她们好奇地打量着眼前的世界，竟然不知自己已经身处生机勃发的春天之中，反而急切地询问过路的春风："草儿都绿了吗？花儿都开了吗？牛儿都走向田野备耕了吗？"

　　霏雨骤停，暖阳高照，一朵身材稍微出挑的桃花耐不住寂寞了，率先将妩媚的腰肢颤动了一下，并小心地拉开了那粉红色的眼帘，准备将蕊黄的心事偷偷地曝一回光。仿佛是接到了上级的命令，那颤动如同快速行进的电流，倏忽之间就"点亮"了桃枝上大大小小的"灯泡"，催生出风情万种的一串串，灿若云霞的一簇簇。

那"嫣红在望，灼灼其华"的桃花，犹如一团团细小的火苗，温暖着周围的空气，在大片大片金黄色油菜花的映衬下，显得异常的娇艳、高贵、喜庆。她们仿佛在催促人们赶快脱下臃肿的棉衣，换上时尚的春装，展露轻盈的身姿。——不用说，桃花在此刻已经出挑成丰韵成熟的美少女了！

哪个少男不钟情，哪个少女不怀春？粉面含春的桃花，心思早就蠢蠢欲动了，她们羞答答地伫立在熟稔的家园里，或涨红着脸，或微低着头，在等待蝴蝶前来打开她们幸福的相思，在等待蜜蜂前来采撷她们甜蜜的故事。

其实，最了解桃花心思的当是崔护，韦庄肯定也揣测过，另外还有欧阳修与李商隐，想必也有意无意地试探过——是呀，地气都在上升，草木都在萌动，那流韵横生的桃花，让人怎能不触景生情，不见物感怀呢？她们多么渴望才子佳人能够浪漫邂逅，多么期盼郎情妾意可以相得益彰，否则古人怎么会留下"人面不知何处去，桃花依旧笑春风"这般的唏嘘，会留下"凭君莫厌临风看，占断春光是此花"如此的感叹！

流水有情承花落，春风无力挽芳菲。桃花终究是乡野的女子，她们的心思虽是外露的，却也是含蓄的；虽是热烈的，却也是隽永的。因此即使红颜绿裙，粉黛含春，也是妖而不娆，惑而不魅，难怪多情的公子会在墙外轻叹：且随春光来，把一缕徜徉的轻愁记取；难怪白衣的少年要在篱边惆怅：且随流水去，将一段美丽的往事带走。

记取的当是淡淡的花香，带走的将是浮躁的灵魂。沉醉在这和风微醺的春天里，真是人行其中，浮艳不喜，心驻其上，奢华不求，我只愿像唐伯虎那样，能够时时刻刻端详着春天的脸，然后在那低吟浅诵："清醒只在花前坐，酒醉还来花下眠。半醒半梦日复日，花开花落年复年。"

不知不觉，我感到自己的脸颊也泛起了桃花的红晕……

红 梅 花

　　虽然每天都有查看天气预报的习惯，可是一路飙升的气温还是不免让人心里嘀咕：莫非这个冬季又将煦暖如春？而就在我揣测狐疑之际，自西伯利亚劲吹的一股寒流，突然席卷了大半个中国。庭院里的那几株似乎有点感到憋屈的红梅，终于欣欣然起来，它们先是从粗壮的枝条上努力地吐出苞蕾，而后伴随着飘飞的雪花，将姣美的容颜开得轻盈而婉约，开得自信而娇媚，开得肆意而飞扬。你若深深地吮吸几口，更觉清香扑鼻，沁人心脾，有诗这样赞曰："疏影横斜水清浅，暗香浮动月黄昏。"

　　写这首诗的是北宋著名诗人林和靖，据说他种梅养鹤成癖，终身不娶，世称"梅妻鹤子"，因此他眼中的梅含波带情，笔下的梅引人入胜。在《山园小梅》诗中，他将梅花写得既超凡脱俗，又俏丽可人，不仅提升了梅花的品格，而且丰实了作品的境界。而在我们乡下，像林和靖这样痴迷种梅赏梅的可能微乎其微，因为作为一种观赏性的植物，它并不能像桃、梨、杏、枣那样，给人带来直接的口福与实惠，故而常常被散植于村旁、墙外、篱边、沟沿，并且在万木吐绿的阳春、生机葳蕤的酷夏、硕果累累的金秋，几乎很难见到它的靓丽身影。即使在瑞雪飘飘的寒冬，在鞭炮声声的正月，忙于准备丰盛年货或四处拱手拜年的父老乡亲，也往往会忽视它琼花凝脂、傲骨冰心的存在，以至于猛然间邂逅，这才情不自禁地感叹：芳菲烂漫、妩媚鲜丽的春天马上就要到了！

　　其实忽视并非不重视，在喜庆的节点，在吉祥的日子，我那讲究立竿见影效果的父老乡亲，也会郑重其事地"风雅"起来，年画仅有《风调雨顺》的远不够，一定还要买《喜鹊登梅》；剪纸仅剪《五谷丰登》的也不行，一定还得剪《喜上眉梢》，以此无非讨个口彩，图个吉利。而事实上，独享"报春使者"与"百花魁首"美誉的梅花，尤其是红梅，一直被寄予着美好的愿望，并且有"四德"之说，即"初生为元，开花如亨，结子为利，成熟为贞"；同时还有"五福"之谓，即梅花的五瓣分别代表快乐、幸福、长寿、顺利与和平。正是由于作为吉庆的象征，人们开始由植梅、用梅而艺梅、颂梅，由梅林、梅景而爱梅、赏梅，民间的挑花、服饰的刺绣、宗祠的屋梁、堂轩的门楼甚至婚床的立柱上，也大多描绘或者雕刻有梅花迎朔风而怒放、伴瑞雪而盛开的图案。因此可以这样说，梅在乡村已经成为一种精神上的图腾。

除了在乡村被寄予美好的愿望，梅花还被注入了更多的感情色彩，其特性基本上被人格化了，因此古人将梅、兰、竹、菊并称为"花中四君子"，将松、竹、梅合称为"岁寒三友"。尤其是在浩如烟海的诗词歌赋中，梅花更是成为文人墨客丰富情感的附着物，李清照的"莫恨香消雪减，须信道、扫迹情留。难言处，良宵淡月，疏影尚风流"，这是梅孤傲的证明；晁冲之的"微云淡月，对江天、分付他谁。空自忆，清香未减，风流不在人知"，这是梅高洁的代言；姜夔的"人间离别易多时。见梅枝，勿相思"，这是梅相思的表白；陆凯的"折梅逢驿使，寄于陇头人。江南无所有，聊赠一枝春"，这是梅友情的见证……更为重要的是，红梅是中华民族与中国精神的象征，它迎雪吐艳、凌寒飘香、坚韧不拔、不屈不挠的崇高品质和坚贞气节，鼓励着一代又一代中国人不畏艰险，顽强拼搏，奋勇当先，自强不息。由这个象征而衍生的梅诗、梅词、梅曲、梅文、梅画、梅乐、梅歌、梅饰、梅具等有关梅的东西，足以令任何一种花卉都望尘莫及。

瑞雪还在飘飞，馨香阵阵袭来。我迫不及待地返回家中，拿出相机，对着那冰枝玉蕊与娇羞花容，连续不断地"咔嚓"起来，同时嘴里还不忘轻声地吟诵："风雨送春归，飞雪迎春到。已是悬崖百丈冰，犹有花枝俏。俏也不争春，只把春来报。待到山花烂漫时，她在丛中笑……"

红 花 草

　　既没有桃花的千娇百媚，也没有荷花的高风亮节，甚至比不上油菜花的铺张恣肆，因此在乡下人眼里，红花草只是一种微不足道的草本植物，很少有人为之驻足欣赏；然而之于我，红花草不但是一道江南故土的风景，更是一份旧时郁结的情怀，每每见到那碧绿之中夹杂着或紫或红的鲜丽，眼前总是豁然一亮，继而莫名其妙地激动起来。

　　莫名其妙地激动，这似乎有点自作多情或者说有点矫揉造作，而实质上只要你出生在江南，并且出生在江南的乡下，一定会深刻地体味到，朴实素雅的红花草与我们任劳任怨的乡亲多么相似——不怕凛冽风雪的磨砺，不恋灿烂春晖的挽留，不怨粉身碎骨的遗憾，它们在庄稼最需要营养的时候，零落成泥碾作尘；在土地最需要滋补的时候，化作春泥更护花。难怪父亲只要见到我不思进取和萎靡不振，总是大声地呵斥："你得学学田间那随处可见的红花草，它索取的很少，奉献的却是整个身心！"

　　的确，红花草对生存的环境并没有什么苛刻的要求，它们在每年的晚稻收割之后被播撒下去，紧接着以矜持的姿态与不畏的精神，迎接着遍地的秋霜、萧瑟的北风和飘飞的雪花。红花草嫩绿的小手在一望无垠的田野里并不显眼，可是你要知道，这时已是朔风劲吹的冬天，大地上除了刚刚露出小脑袋的麦苗和稀稀拉拉的油菜，能使人看到生机与希望的就是这些身穿绿衣裳的红花草了。轻轻地抚弄那纤细的茎蔓，仔细地端详那淡绿的嫩叶，我曾经为之担心：这怎么经得起风霜冰雪，怎么度得过数九寒冬啊？父亲缄默不语，嘴角露出了一丝鄙夷的嘲笑，这使当时并不知劳作辛苦的我，感到十分羞愧难当。

一场风雪如期而至，银装素裹的大地仿佛被盖上了厚厚的棉絮。因为一直在惦念着那些弱不禁风的红花草，我在大雪稍停的间隙便艰难地走向田间，用冻红的小手扒拉开田野的一隅，它们一丛丛地依偎在一起，一簇簇地紧抱成一团，要么在取暖，要么在闲聊，要么在酣睡，有几个顽皮的甚至睁开惺忪的睡眼，责怪我惊醒了它们的幽梦。父亲此时并没有跟随在我的身后，他只是站在低矮的屋檐下，朝着田野遥望我天真的一举一动，然后用手轻捻着颔下的青须，情不自禁地微笑起来。

寒冬远去，冰雪消融，经受了风霜雨雪洗礼的红花草蓦地爆发出勃勃生机，它们贪婪地吮吸着雪水，任意地伸展着枝叶，没几天就把整片农田封盖得严严实实，为江南的大地披上了一层浓浓的绿装——是的，红花草属于春天的江南！可以这么说，江南有多大，红花草的天地就有多大。清明前几天，红花草开始释放心中的激情了，起初是一两朵，三四朵，紧接着就是成片成片地绽放美丽的容颜；过两三天再来看，整个田野完全被那淡紫色、粉红色和翠绿色笼罩着，俨然绚丽缤纷的海洋，何等的热烈与何等的壮观。

这是青蛙的暖巢，这是蜂蝶的天地，这也是童年的乐园。我与伙伴们尽情地奔跑在漫野的红花草之中，杂乱的脚印在春天的版图上抒写着一道别样的风景，那里有快乐，有天真，有无羁……正当我们玩得忘乎所以的时候，父亲不知何时扛着铁犁，牵着老牛，出现在弯弯曲曲的田埂上，他依旧扯着喉咙在大声呵斥："败家子们，你们可别糟蹋了这些红花草，它们可是很好的绿肥呀，春上的庄稼全靠它们呢！"我们可管不了那么多，要么继续玩着游戏，要么开始追蜂捕蝶，回家时还不忘捎带一个红花草扎成的花冠，送给隔壁巧笑倩兮的妹妹，或者送给在灶前忙着炒菜烧饭的母亲。

其实，红花草有着一个美丽而贴切的学名——紫云英。这是我读小学的时候，从一篇散文中看到的，于是屁颠屁颠地跑回去，趾高气扬地向父亲卖弄。父亲挠了挠头，一脸的茫然，全没了平时的威风与杀气，更令父亲刮目相看的是，他那平时迷恋花草的儿子，后来竟然还能写下这样美妙的诗句："紫云英不是花/是一位诗人/牛角吹响的时候/她春潮澎湃/把青春一行行写进田野……"

美丽却不张扬，闲适却不落寞。这正是我喜欢的红花草，这正是我喜爱的江南，不仅仅是她的美，更是一种悠远淡雅的气质，一种温馨亲近的感觉。

红 杏 花

　　少时诵读古典诗词，对描写杏花的两句诗记忆尤为深刻，一是"绿柳烟外晓寒轻，红杏枝头春意闹"，一是"满园春色关不住，一枝红杏出墙来"。不过那时我是十足的"花盲"，除了常见的桃花、梨花、油菜花之外，基本上叫不出其他花儿的名字，尤其分不清谁是红梅，谁是红杏。土生土长且略懂文字的母亲洞察到了我的狐疑，寥寥数语便让我豁然开朗："红梅是早春的宠儿，红杏是阳春的乖女。"

　　有了母亲这个形象而贴切的比喻，我首先在时间上有了一个感性认识，并且开始有意关注起"一点胭脂淡染腮，十分颜色为谁开"的红杏来。其实在我家的后院，就栽了两棵杏树，树身不高，花朵却开得茂密又奔放，尤其是在和煦春风的吹拂下，真有王国维先生所谓的"著一'闹'字而境界全出"的味道。不过我却喜欢雨后去看杏花，因为在我的潜意识中，总觉得在杏花身上依附着一种忧伤的成分，并且这种忧伤必须借助春雨和羞红两种媒介才能得以充分体现——连绵的春雨，会让赏花的人，心境也潮湿起来；欲滴的羞红，会让寻花的人，情感也怜惜起来。要不是这样，恐怕连龚自珍都不会在《己亥杂诗》中这么感叹："落红不是无情物，化作春泥更护花。"

　　事实上，杏花并不像桃花那么易逝轻薄，一场微雨过后，目之所及，桃花落得遍地皆是，而杏花却依然保持着独特的身姿，一朵、两朵、三朵……含蓄地恋在枝头，那形象特似有着小小心事的村姑，嘴咬着辫梢，羞红的脸上不乏露出一丝幸福的笑意。对于这场微雨，没有城府的桃花可能会大声埋怨:"开时不记春有性,落时偏道风声恶";而生性纯朴的杏花则一定会娓娓道来:"小树嫣然一两枝,晴醇雨醉忽相宜。"

对于雨后杏花的偏爱,其实并不仅仅只有我一人。落魄的杜牧就是在牧童的指引下,匆匆忙忙赶赴细雨霏霏的杏花村,以伤感的酒杯来遥寄思亲的清明;忧愤的陆游在临安古城雨霁之际,发出了"小楼一夜听春雨,深巷明朝卖杏花"的感喟;宋朝陈与义"客子光阴诗卷里,杏花消息雨声中"两句,更加使人怅然万千又慨然万千:在淅沥的春雨中,杏花突然开放了,粉红腮颊,仿佛梦中伊人的脸庞,那押韵的思念被雨声一遍又一遍地洗濯,诗人的眼中布满了泪水,那场春雨来自心头,似乎就在他的眼眶里下着……

窗外的雨声又淅沥缠绵起来,我情不自禁地又想起老家后院的那两棵杏树,赶紧掏出手机拨打过去,母亲兴奋地告诉我:"咱家的杏花开得正艳呢,双休日回来看看还来得及!"霎时,我的眼前浮现出一幅"雨洗杏花红欲滴,日烘杨柳绿初浮"的美景来!

红 杜 鹃

　　中国的汉字博大精深，语意丰富，且不说象形会意等造字方式，一词多义等语法要求，以及双关借代等修辞手法都是很丰富的，单是那书面语与口头语的异曲同工，都不能不令人颔首称绝。譬如，口头语中的"布谷鸟"，书面语称之为"杜鹃鸟"；而书面语中的"红杜鹃"，口头语却被唤作"映山红"。其实无论是作为忠诚啼血的精灵，还是作为灿若云霞的花卉，在民间，在父老乡亲的眼中，那都同样的灵动雅致，清秀养眼。

　　有关"杜鹃鸟"的思恋情结，我在多年前曾经写过一篇名为《布谷声声》的散文，其间有过详尽的阐述。而对于红杜鹃，确切地说，在我的整个童年乃至少年的很长一段时期，都是比较陌生的——因为我所生活的地方是在沟渠遍布的圩区，平时所见的花朵无非是紫喇叭、黄油菜、白栀子、红莲花之类。大概是在初中二年级的时候，农村的学校破天荒地组织起一次春游活动，目的地选择在离校 10 多公里的土塘山。

　　土塘山的山势根本无法用"一峰拔地""超群脱俗"等成语来加以描绘，可对于很少见过山更没爬过山的孩子来说，自然免不了要用"陡峭高耸""悬崖绝壁"等语句来表示惊叹；更让他们惊叹的是，这漫山遍野都是花团锦簇、缤纷璀璨的红杜鹃！这沟沟壑壑满是花蕊沾露、含羞婉约的映山红！

　　顾不了步行的困顿劳累，也不管口哨的提醒警示，五六十个菁菁少年像兔儿似的，撒欢地奔向大山的怀抱。顺着坎坷的山路兴高采烈地往上攀登，待到半山腰驻足四望，这才意识到自己早已置身在映山红的海洋里：抬头瞧是花，低头看也是花；往前观是花，向后望还是花……由于花开的方向各不相同，加上又不是开在同一枝条之上等原因，所以映山红的颜色略有差别，有深红、大红、浅红、深粉、浅粉之分，还有少数粉白色的点缀其中。这些五彩缤纷相间的颜色，真的只有丹青妙手，才能将其形神兼备地再现。

面对红杜鹃绚丽的诱惑，小伙伴们再也忍受不住了，有的伸手好奇地抚摸，有的摘下几朵美美地别在胸前，还有嘴馋的，竟然将那花儿放在嘴里，有滋有味地咂吧起来。我也如法炮制，先把那漏斗型的花朵放在鼻尖使劲地吮吸，顿感一阵淡淡的清香沁入心脾；贪婪地卷动舌尖，那酸酸甜甜的味道一下子就激活了你的味蕾，并且在瞬间融入你的血液之中，让你暗暗地拍手叫绝。身边的女同学也已按捺不住了，她们纷纷扮起俏来，把那蕊黄的花汁轻轻地挤出来，精心地涂抹到指甲上和脸颊上，彼此无拘无束地嬉笑着，打闹着，一串串银铃般的笑声，在土塘山的上空久久地回荡……

那时，爱护花草的意识基本上还没有在农村孩子的脑海中形成，大家雄赳赳气昂昂地"凯旋而归"，自然少不了称心如意的"战利品"，女同学手中拿的，全是带有花苞的映山红花枝，她们要将这些花朵带回家中，插在罐头瓶里，注入清澈的河水，过不了两天，那置放在窗台上的映山红，伴着春风的吹拂，会绽开红红的笑脸向你招手致意，仿佛在那高兴地唱着："春天在哪里呀？春天在哪里？春天在那湖水的倒影里，映出红的花呀，映出绿的草，还有那会唱歌的小黄鹂……"

欢快的儿歌还在耳边萦绕，深切的缅怀早在心头镌刻。记得儿时最爱看的电影中就有《闪闪的红星》，当冬子的妈妈为了挽救父老乡亲们的生命，而被惨烧牺牲的一幕在荧屏上定格时，杜鹃花的灿然开放与烈士的英勇就义和谐地融为了一体，同时片尾响起了那首著名的《映山红》之歌："夜半三更哟，盼天明；寒冬腊月哟，盼春风……岭上开遍哟，映山红——岭上开遍哟，映山红——"由此，我不仅仅看到了映山红默默无闻、甘于奉献的生命本性，而且看到了红杜鹃不畏凄寒、甘洒热血的高贵品质。美哉，映山红！壮哉，红杜鹃！

"诉尽春愁春不管，杜鹃枝上杜鹃啼。"又是煦风送暖的美好季节，我在"阿公阿婆——割麦插禾——"的深情呼唤中，再次欣喜异常地抬起头来，我看到化鹃啼血的古蜀王杜宇，早已伫立为传说中的标本；看到那一片连着一片的嫣红，慢慢翔过三月的烟雨，正氤氲在乡村的额头，熨帖在思念的心头……

红 芍 药

　　面对不胜枚举的植物品种，如果你不是比较关注或者颇感兴趣的话，往往会发生望文生义的尴尬场景。比如看到"芍药"二字，我就曾经偏颇地认为："这是一种中草药！"并且想当然将其与"茯苓""杜仲""田七"之类联系在一起，至于它到底是什么形状，有哪些特性，自然是"丈二和尚——摸不着头脑"了。及至真正地观其颜，闻其香，尝其味，这才不得不为自己的浅尝辄止与孤陋寡闻而倍感羞涩。

　　不过聊以自慰的是，芍药的确是一味中草药。翻阅《本草纲目》《本草经疏》《本草衍义》等经典医书，不难从中为自己的偏颇认知找到很好的佐证；后世医者还以东汉张仲景常用代表方剂为依据，总结出了芍药的七大特点，即调和营卫、敛营解痉、疏肝和胃、通结缓下、止痢解毒、活血祛瘀、安胎止漏。那么芍药的神奇功效，到底体现在花上、叶上还是在根上？不敢再次断章取义的我，只能谦逊地请教大方之家，得到的答复是：芍药被称为"女科之花"，并不是因为它的花美，而是在于它的根好，其根鲜脆多汁，富含芍药甙、牡丹酚、安息香酸等特殊成分，用途因品种的不同而略有差异。——这无疑消弭了我在认知上的第一个误区。

　　难道还有第二个误区？是的，时光得倒退到十多年前的一次踏青。当时路过一处偏僻的农家小院，无意中发现里面开满了姹紫嫣红的花朵，于是赶紧叩开门扉，兴致勃勃地前去欣赏，拍照。那娉婷妖娆、灿若烟霞的形态，那香清粉澹、高贵迷人的气质，让我情不自禁地脱口赞道："这些牡丹真是国色天香、雍容华贵呀！"想不到站在一旁的大娘笑呵呵地纠正道："小伙子，这些并不是牡丹，而是芍——药——"芍药?！对花朵识别得并不是很清楚的我，窘得满脸通红，只好俯下身来仔细打量，果然发现两者之间确有不同之处：第一，体现在叶形上，牡丹的叶片较宽，像个巴掌伸开，呈长椭圆形或卵形，而芍药的叶片较窄，呈狭椭圆形或别针形；第二，体现在花朵上，牡丹的花朵多单生在花枝顶端，而芍药的花朵多簇生在枝叶之间，并且牡丹的花径要比芍药的花径稍大一些。后来查阅相关资料，发现它们在花期上也有早迟之分，牡丹一般在4月中下旬竞蕊，而芍药则在5月上中旬绽妍。因为芍药开花较迟，故又称为"殿春"，宋代王禹偁的《芍药诗》就写道："牡丹落尽正凄凉，红药开时醉一场。"

其实在对芍药的认知上，还存在着第三个误区。尽管芍药享有"花仙""花相"的美誉，且被列为"十大名花"之一，但它本质上却是一种草。陈奕纯在散文《被遗忘的芍药》中就曾经写道："芍药首先是一味药，中国的一味中药；其次是一种草，可以治病的草；最后才是一种花……"不可思议吧，这些或褐红、或鲜红、或绯红、或水红、或浅红的芍药，竟然会是一种"可治病的草"？世间万物就是这般充满着妙趣，在植物的分类上，牡丹与芍药同科同属，都是毛茛科、芍药属，但是牡丹是木本植物，芍药是草本植物，这才是它们的根本区别。"将离草"就是芍药的别名之一，其典故出自《诗经·国风·郑风·溱洧》，赠人以芍药，主要表达结情之约或惜别之情。

子曰："学而不思则罔，思而不学则殆。"那么在对芍药的认知上，是否还存在着疑惑的地方呢？答案是不言而喻的，不过我再也不会出现以前那种窘迫之态了，甚至可以大言不惭地冒充行家里手，头头是道地介绍起其花、其根、其叶来……

红 茶 花

　　尽管生于穷乡僻壤，但是自小所见的花儿并不在少数，掰着手指便能罗列出一大串。不过这一大串里肯定不会有茶花，因为我对茶花的最初认知，还是源于中学时代语文课本里杨朔的那篇散文《茶花赋》。其中，那"颜色深红，倒是最好看的"强调语句，至今还记忆犹新，以至于后来读到法国著名作家亚历山大·小仲马的小说《茶花女》，眼前总是会浮现出那圆圆的、红红的"童子面茶花"来。

　　其实"童子面"仅仅只是茶花的一个品种，并且花期比较迟，在大伙争先恐后地竞相绽放的美好时节，她却不急不缓地打开那或红或粉或白的心形花瓣，似乎要向明媚的春光呈现出其天真活泼的一面。花朵层层叠叠，花枝颤颤悠悠，那葱郁深绿的叶片，遮掩着半面含羞的脸颊，使得黄色的花蕊在春阳的润泽之下，显得更加楚楚动人，高贵清雅。倒是茶花中的"狮子头""蝴蝶翅""大紫袍""照殿红"等品种，她们耐不住春风的呼唤，经不住蝴蝶的招惹，在乍暖还寒的早春二月，就"呼啦啦"地解开了紧裹的衣襟，将其雅致的形态和靓丽的色彩，一览无余地展示了出来，好一幅"冷艳争春喜烂然，山茶按谱甲于滇。树头万朵齐吞火，残雪烧红半个天"的缤纷画卷！大雅即是大俗，大俗也是大雅，这种不藏不掖的真情流露即便突兀，也是心直口快，也是言由心声，也可以感染着你，献媚着你，蛊惑着你……

　　在缤纷的画卷里流连忘返，在绰约的花树前驻足仰望，留给我印象最为深刻的，并不是杨朔先生所钟情的"童子面"，而是一种名为"嫦娥彩"的茶花。说到蟾宫里玉兔相伴的嫦娥，本就给人浮想联翩的无限空间，而将茶花冠以"嫦娥彩"的美誉，就甭提多么富有诗情与画意了。这诗情画意首先就体现在茶花的花色上，一般可分为粉嫦娥彩（粉色带红斑镶白边）、红嫦娥彩（花瓣中间凹陷处有白斑）、白嫦娥彩（中心处常有红润）、花嫦娥彩（红白相间）、挂线嫦娥彩（白色带红线）等诸多品种，加之茶树树型的开张丰满，花朵的稠密重瓣，气质的温文尔雅，让人观之无不颔首称许，击掌叫绝：此真乃月宫里卓尔不凡的嫦娥，下凡到了人间，化作了临风飘袂的花仙子！有诗如此赞曰："月里嫦娥披彩巾，不甘寂寞守坚贞。时髦装点舞蟾殿，已动人间恋爱心。"

诗赞自有诗赞的理由，花语自有花语的隐喻。茶花除了代表饱满、阳光、缤纷的人文景观、文化底蕴和精神风貌之外，切切不可忽略的是她超凡脱俗的特性，也就是人们常常津津乐道的"花德"。明人邓渼从树龄、枝干、树叶、花朵、习性等方面，总结出茶花具有"十德"，尽管这"十德"并非切中肯綮，完全得体，然而其第一德说的还是比较传神："色艳而不妖"。这一德，不仅道出了茶花的形态与色泽，而且道出了茶花的风骨和气节。据传，茶花、杜鹃、兰花、报春、玉兰、百合、绿绒蒿和龙胆并称为云南的"八大名花"，而茶花之所以能够独领风骚，我想与这种境界一定存在着某种关联。

事实上也的确如此，茶花在寒冬里守望，在初春时绽放，在麦收前谢蕊，其"不妖"的一面全都演绎在季节更替的过程中。且看那含苞之态，那烂漫之势，那轩然之貌，谁说这不是她们对自然界的一丝情谊，一种担待，一份责任？所以才会在每年的冬春之际，从容大方地为春天传递着希望与生机的信息。陆游因此而喟叹："雪里开花到春晚，世间耐久孰如君？"郭沫若老先生更是捻须唏嘘："人人都道牡丹好，我道牡丹不及茶。"

写到这里，有所触动与感悟的我，于是再次找来《茶花赋》认真地捧读。先生以客衬主、以客显主的写作手法，确实将主题烘托得极为突出，那托物言志之"物"，就是茶花的花德；那借景抒情之"景"，就是美好的生活。由此，我对缤纷绚丽而又平凡普通的茶花，不得不高看一眼，厚爱一层了……

红豆蔻

　　独特的方块汉字，是中华民族智慧的结晶，是有着鲜活生命的艺术物体，它蕴涵着深厚的功底和魅力，承载着丰富的审美和诗意。譬如说到"岁月"时，大家总是不忘用"青葱"去加以修饰；讲到"年华"时，人们总是喜欢用"豆蔻"来加以形容。

　　青葱与韭菜、蒜黄、辣椒一样极其普通，田间地头、餐桌厨房随时可见其柔顺娇嫩的倩影，用其描述青春年少的那段时光，倒也十分形象与贴切；而豆蔻到底是一种什么样的植物，其形状特征与生长习性又当如何，于我而言则语焉不详了，以至于很长一段时间，自以为是地将"愿君多采撷"的红豆，错当成"卷上珠帘总不如"的豆蔻。

　　出现这种常识上的谬误比较奇怪吗？非也。因为在没有真正接触到这两种较为鲜见的植物之前，我最早对于"红豆"和"豆蔻"的认知，基本上是间接地来自古典诗词的浸染与熏陶。其中，摩诘居士的《相思》最为脍炙人口，此诗之所以具有动人心魄的艺术力量，是与巧妙地以红豆起兴并寄托相思有关的，特别是次句"春来发几枝"，名为问树，实则问人，语近情遥，引人遐思。既然是问树，那么红豆自然是木本植物所结之籽了。相关资料也表明，红豆实壳成荚，粒小如豆，色泽艳红，圆润剔透，南方人常将之镶嵌于衣物之上，以表对爱人、对友人、对故乡、对家园的相思之情与眷恋之意。

　　与红豆的特性截然不同的是，豆蔻则是一种多年生常绿草本植物，形似芭蕉，叶片细长，香气馥郁，果实殷红。其花在刚刚成穗之时，外有嫩叶卷之而生，穗头呈深红色，叶渐开则花渐放，颇具含苞待放之感，故俗称"含胎花"。她们仿佛就是刚刚探出地面的嫩芽，是风中乍露秤星的杨柳，温婉多情，娇柔可爱，粉艳的桃花与之媲美，显然太妖娆了；艳丽的牡丹与之对视，肯定太傲慢了；山谷的幽兰与之静守，也许太空灵了……

其实在我看来，这二月的豆蔻倒是拥有水仙的气质，既淡雅纯真，又自然天成，为此，唐代诗人杜牧会留下了千古名诗《赠别》："娉娉袅袅十三余，豆蔻梢头二月初。春风十里扬州路，卷上珠帘总不如。"在诗人的眼中，这豆蔻一般的美少女，含在嘴里怕化了，捧在手心怕碎了，只适合拥在怀里，疼她、爱她、呵护她、怜惜她，这样才能充分地表达自己对她的爱恋之情与惜别之意。从此，"豆蔻"便成为美少女的别称了。事实上后来也约定俗成，将女子十三岁喻为"豆蔻年华"，就像把女子十五岁称作"及笄年华"，把女子十六岁比作"碧玉年华"的道理一样。因此从形而上的角度出发，此豆蔻早已不是纯粹的花朵了，其象征意义已经远远大于本体意义。

令人更为叫绝的是，"多情却似总无情，唯觉樽前笑不成"的杜牧，从此被后世的文人雅士，直接以"豆蔻"代指他在扬州为官时的风流韵事。宋代的秦观在《满庭芳》中追述杜牧的扬州行踪云："豆蔻梢头旧恨，十年梦，屈指堪惊。"元代的卢挚在《广陵怀古》中亦对此曰："笑豆蔻枝头，惹住歌行。风调才情，青楼一梦，杜牧三生。"能够在姹紫嫣红的世界里拥有一种花朵自眠，还有什么比这更幸福与更惬意的呢？"借问酒家何处有"的樊川居士，此生足矣！

倒是我稍感遗憾，因为在我所蜗居的皖西南地区，豆蔻这种花儿并不常见。即使偶尔邂逅，可能已经错过了花期，无法领略"几度春深豆蔻梢"的风情与"波翻豆蔻散朝凉"的雅致了……

红　枫　叶

捧读朋友的随笔《像枫树一样活着》，我在喟然感叹的同时，脑海中蓦然涌现出枫叶正红的唯美景象。真的很想伸手去轻轻地采撷一枚，然后将其对着秋阳高高地举起，倒逆的光线映射到叶面之上，那丝丝缕缕相互交错的叶脉，如同凸起的毛细血管四散开去，让曾经年幼的我充满着好奇：枫树与人一样，体内也流动着鲜红的血液吗？为什么其他的树木，不能如枫树那样红雾迷天、层林尽染呢？

其实在乡下，枫树不但不喜欢独处，反而能用包容的心态接纳一切，善待一切。它喜欢杨柳风舞的柔姿，它爱看榆钱摇曳的喜悦，它欣赏翠竹不凋的精神，它赞叹寒梅傲雪的勇气，这种性格就如同我那质朴憨厚的父老乡亲，可以彼此相安无事地永远杂居在一起。不过枫树也有自己鲜明的个性，它遮天蔽日的绿色大伞经过秋风寒霜的洗礼，会渐渐地按着深绿—浅黄—金黄—桃红的轨道行走，然后依次向粉红—大红—猩红—暗红的色泽递进。现代科学实验早已证明，枫树的体内流动的肯定并不是鲜红的血液，起主要作用的在于枫树的叶片。一般来说，植物叶片除了含有叶绿素、叶黄素、胡萝卜素等之外，还有一种叫作花青素的特殊色素，它是植物中的"变色龙"，在酸性液中多半呈现出红色。随着季节更替，暑往寒来，植物叶片中的主要色素成分也在悄然发生变化，到了秋天，气温降低，光照减弱，对花青素的形成十分有利，而枫树等红叶树种的叶片细胞液呈酸性，故而"最是秋风管闲事，红他枫叶白人头"，也就司空见惯；"停车坐爱枫林晚，霜叶红于二月花"，自然不足为奇了。

把霜打的枫叶比作二月的红花，虽然是唐代诗人杜牧奇崛的想象，可在父老乡亲们的眼中，枫叶本身就是秋天最美的"花朵"。她虽然不能像油菜花那样遍地黄金，不能像桃花那样绚烂多姿，不能像茉莉那样妩媚多情，但是她有不畏霜冻的风骨和不可征服的气质，鲜艳中透着高洁，深沉中拥有热烈，红不炫耀，寒不改志，活得无忧无虑，坦坦荡荡。而这恰恰从另外一个角度说明，富有生命力的枫树实际上与人一样，体内永远都有鲜红的血液在流动——这血液是练达的象征，是淡泊的代名，是洒脱的载体。所以朋友在随笔中会如此感叹："一个人如能像枫树一样活着，从容、淡定，默默无闻地从平凡中活出尊贵，自然也是人生的一种境界了。"

　　除了好奇之心，我在乡下生活时还有一大最爱——捡拾外形比较美观的枫叶，将其压在书籍中，或做标本，或做书签。用作标本时，我多半把枫叶与烟标交替地夹在书页之间，这样打开之后，不仅有图案的琳琅满目，而且有植物的微微沁香，捧在胸前真可谓悦目赏心。后来因为又痴迷地恋上了集邮，枫叶从此又多了一位朝夕相处的伙伴，甚至还别出心裁地以枫叶为主背景，在四周粘贴了一些花卉邮票来自我欣赏。更多的时候，枫叶的功能是用作书签，记得那时我开始啃读大部头的书籍了，由于书籍基本都是想方设法从四处借来的，绝对不可以随意折叠，而正规的书签既见不着，也买不起，那些漂亮别致的枫叶此时就有了用武之地。当然，选择枫叶也颇有讲究，太潮了，容易伤及书页；太干了，手指一触即脆；更为闹心的是，用作书签的枫叶千万不能让顽皮的小伙伴们瞅见，否则你一拉我一扯，要不了几秒钟就会香消玉殒，让人不免黯然神伤。

　　父老乡亲也爱捡拾枫叶，更爱捡拾枫球。显然，他们是从实用主义角度出发的，祖母就曾经说过，枫球放在烘手的火炉里经久耐烧，是冬天御寒最好的原料，而将枫叶放在灶台里点燃，炒出来的米粉特香，发出来的米粑特白，蒸出来的年糕特糯……祖母的话语尽管缺乏一定的科学依据，可是从深秋乡间背着扒篓的忙碌身影来判断，枫叶的价值绝不仅仅只有观赏这一种，其经济价值、药用价值乃至文化价值更是不言而喻。

　　秋风悠悠，秋月溶溶。不论是在城里还是在乡下，火红的枫叶将深秋的天空氤氲得云蒸霞蔚，我轻轻地采撷下一枚，竟然不知道是该将其制作标本，还是将其用作书签；只好依旧像孩提时代那样，把枫叶对着秋阳高高举起，然后心头轻吟：枫叶飘飘；口中低诵：枫韵迢迢……

红 石 楠

对于植物红叶石楠的关注，准确地说，是缘与著名传记作家石楠的结识。石楠先生著作等身，作品先后获得安徽文学奖、《清明》文学奖、红烛奖等十余项。她出生于1938年，原名石纯男，据说在工作之后才改为现在的名字，目前，"石楠"二字已经成为先生在各种证件上通用的本名。

我出生的地方位于皖西南地区长江的北岸，那里沟渠纵横，圩畈众多，在我的印象中，少有红叶石楠这种木本植物；而石楠先生的出生地是在大别山南麓的太湖县，两地虽然只有咫尺之遥，但是那里植被丰富，种类繁多，先生取"石楠"二字作为姓名的代码，是否有这种植物极易存活、象征吉祥红火的用意呢？由于没有虚心地向先生讨教过，实在不敢妄自揣测。倒是《本草纲目》给出了这样的解释："此树生于石间向阳之处，故曰石楠。"细细品读，仍觉得李时珍取其生长习性而为之命名，多少还是有些牵强。

正是因为知晓了石楠其人，这不能不诱发我的好奇心，尽最大可能去了解石楠其物。原来，其品种主要分为三类，即光叶石楠、毛叶石楠、红叶石楠，其中园林绿化常用的多为第三类。别看这种观赏价值极高的阔叶乔木，"常绿"是它的主色调，从春末到秋初，用"绿意盎然"来加以形容，我想绝不为过。然而与其他乔木迥然有异的是，石楠在早春与晚秋呈现的红色，却能够使人精神为之一振，因为这种洋溢着植物气息的暖色调，确实能给人以赏心悦目之感。不过这种红色依然是有较大差别的，幼枝嫩叶初出表现为紫红色，并且一片紧挨一片，一层复叠一层，用"欣欣向荣"来进行比拟，想必最是妥帖；秋后老叶在寒露与冷霜的作用下，一般展示为赤红色，在秋风瑟瑟、万木萧条的季节，远远望去，何止是鲜艳夺目，简直是直逼眼球！它与附近枝头的枫叶以及周边的扶芳藤和俏黄芦等，高低错落，相得益彰，在晚秋描摹出一幅绚丽多姿的《枫楠争艳图》，让人喜不自禁地领略到"雨过天晴云破处，这般颜色作将来"的清丽之景来。

当纷繁的叶片由春初的紫红开始转为淡绿—翠绿—深绿之后，石楠的花期（4月至5月）也就不期而至，《本草图经》为此注释曰："春生白花，成簇。"石楠所开的花呈伞房状，其未开时，如珍珠点点，贞洁晶莹；盛开后，白花黄蕊，盈盈如雪，虽无五彩缤纷的浪漫热闹，却有连绵不断的素洁温馨。都说白色的花朵最具香味，譬如茉莉、杏花、栀子、百合、刺槐等。奇怪的是，石楠的花朵散发出的味道却比较腥臭，以至于人们每每与其擦肩而过，无不掩鼻急急而行。其实瑕不掩瑜，石楠的果实在夏末秋初成熟之后，簇拥成球，鲜红欲滴，并且可以一直挂果到寒冬腊月，极具观赏价值。唐代诗人孟郊为此留有诗句云："寒日吐丹艳，赪子流细珠。鸳鸯花数重，翡翠叶四铺。"此外，石楠还享有"千年红"的美名，并被作为爱情的象征而在一定程度上受到推崇，有诗为证："清奇鸟韵度秋冬，新叶红圆戏古松。紫果悠闲窥散玉，珠联璧合喜重逢。"

除了"千年红"的美名之外，石楠还有"水红树""扇骨木""将军梨"等别名，其中最耐人寻味的要算"端正木"。据说唐朝安史之乱年间，唐玄宗李隆基率众入蜀避难，走至秦岭，见满山石楠树冠齐整，叶片明翠，满树花发，蔚为壮观，失意之中顿生浪漫之情，遂钦封该树为"端正木"，并号令臣民要广为种之，以学习其端正之风。然而唐玄宗也像大多数封建帝王一样，终究不能做到人心端正，引发"马嵬驿兵变"也就在所难免。令人讽刺的是，唐玄宗最终不得不忍痛割爱，无奈地"端正"了一回，亲手赐死了爱妃杨玉环。

现在，我所蜗居的这座小城随处可见红叶石楠的倩影，它们羞赧地抽出新叶，葳蕤地携手生长，缄默地吐出白蕊，骄傲地结出红果，已成为这方热土一道美丽的风景，已成为心灵家园一抹不灭的记忆……

第二辑　红之味

红 杨 梅

"聊将一粒变万颗，掷向青林化珍果。仿佛芙蓉箭镞形，涩如鹤顶红如火。"这是宋代诗人张镃的诗《谢张户部慧山杨梅》。眼下正是杨梅上市的黄金时节，可我遍寻小城的各大超市与水果市场，竟然颗粒无收，悻悻而归的途中，除了口舌兀自滋生出酸里透着甜的味道之外，还是无奈地发出了一声带有遗憾的感叹："杨梅真是个金贵的水果！"

"金贵"一词是皖西南地区的方言，其意大致为"比较少见"或"比较贵重"。与毛桃、酥梨、石榴、苹果等水果相比，杨梅在我童年所生活的石牌地区，确实是并不常见的果树，纵使在屋后林中和竹园深处能够见到几棵，但都因为树干太粗致使无法攀爬而作罢；更重要的是，祖母曾经无数次地在我们的耳边絮叨着这样一个传说：蛇精最喜欢居住在杨梅树的树洞里，那粒大饱满、鲜艳欲滴的杨梅，就是蛇精的最爱——不信你看，那蛇精的舌信就是杨梅染红的。这样一来，我们尽管望着那红得发紫的杨梅垂涎三尺，最终的结果只能是望而却步。其实，祖母的传说是个善意的"伎俩"，她完全是出于安全考虑，而不得不以此来限制甚至扼杀我们的莽撞与顽劣。

祖母自然知道杨梅的"金贵"，在果实完全成熟时，会嘱咐做过农电工且善于爬杆的父亲："你现在可以去弄点杨梅，让这些饿鬼们尝尝鲜！"杨梅的味道酸中带甜，甜酸交融，如果你囫囵吞枣地一口咬下，可能会酸得你龇牙咧嘴，牙齿发麻，但是慢慢地，酸味渐褪，一股浓浓的香甜会让人惬意无比，回味无穷。倒是隔壁的邻家小妹，开始显露出淑女的气质，只见她的纤纤细手轻轻拈起一颗，左瞧瞧，右看看，然后微启丹唇，露出尖尖的门牙，再小口小口地品尝，唇角似乎还有玫瑰色的甜汁溢出，要有多美就有多美。祖母看到我们傻愣愣的样子，还用嗔怪的语气命令道："把那些杨梅籽也吞下去，这样在夏天就不会上火！"祖母的话语是否有科学依据，当时是不得而知，后来查了查资料才知道，这也并非全无道理，杨梅的果实、核、根、皮均可入药，特别是夏天，喝一杯冰镇杨梅汤，顿时会让人感觉神清气爽，消暑解腻。如果中暑造成肚痛腹泻，喝碗酸酸的杨梅汤，即可收到立竿见影的功效。

桃花灼灼，梨花飘雪，榴花似火，菜花金黄，那么杨梅是何花容？祖母故意装出一脸诡异的神情，神秘兮兮地道来："杨梅的花可金贵着呢，一般人根本就看不到！"在她口中，依然是绘声绘色的神话传说：从前有一个心灵手巧的女子，大多数的花她都能绣得栩栩如生，就是偏偏绣不出杨梅花，于是心存深深的遗憾。为了完成自己的夙愿，她每天都守在杨梅树的旁边，一个夜深人静的夜晚，杨梅花终于绽开了笑颜，犹如昙花一样美丽。这个女子欣喜若狂，准备着就溶溶的月色飞针走线，可还没等她拿好绣花针，那一树的杨梅花很快就凋谢了。心有不甘的女子最后也倒在了杨梅树旁，尽管如此，她在离开人世的时候，脸上仍然带着欣慰的笑容……祖母引用这个传说的用意非常明确，杨梅的花期极短，花朵极小，不容易被人发现，而且花开的时间非常特殊，一般是子夜怒放，天明即谢，即使有心夜间守株赏花，也是很难一睹花容花貌，难怪祖母总是啧啧地唱叹："这杨梅不像是乡间的植物，实在是金贵呢！"

此外，杨梅的"金贵"还在于它的难以护理与保存。不像常见的桃呀李呀，梨呀杏呀，挂在树上十天半月，留在家中三天五日，基本上不会出现多大的问题，而杨梅可娇嫩着呢，一是它在成熟时，最容易患上病虫害，稍不留意照看，那红如玛瑙、亮如珍珠的杨梅果，往往会在采摘时功亏一篑；二是采摘下的杨梅果，千万不可被硬物碰伤或者压破，否则它会在很短的时间内就变黑腐烂，根本无法让人望一眼，喉涌津液，尝一口，满嘴生津。可这"金贵"的果实浪费了实在可惜，含辛茹苦的祖母肯定会"敝帚自珍"，她先用盐水将那变黑腐烂的部分洗净，然后变戏法似的弄来一勺白糖，非常均匀地洒在上面，如此这般，那酸中带涩的滋味会被冲击得荡然无存，于是我们贪婪地将整个杨梅含在口中，然后使劲地一口喷出一颗颗小粒的种子，像射子弹一般喷出老远。我们不由得一阵喜悦，一阵欢欣，一阵兴奋。杨梅，以其稀罕的"金贵"伴在童年的天真烂漫里。

"绿荫翳翳连山市，丹实累累照路隅。未爱满盘堆火齐，先惊探颔得骊珠。斜插宝髻看游舫，细织筠笼入上都。醉里自矜豪气在，欲乘风露扎千株。"欣赏着吟咏杨梅的赞美诗句，我真的不知何时能够再次品尝到这"金贵"的杨梅？不过遗憾也是一种美，这种美让我明白：杨梅其实就像是五彩缤纷的人生，有酸涩，也有甜蜜；有暗淡，也有亮丽！

红　樱　桃

　　不知从什么时候开始，我总认为自己是一株土生土长的植物。出于同类的惺惺相惜，懵懂童年的许多时光都用在了交好身边的草木上，并且设身处地地和她们一起，感受日月星辰的开阖，接受风霜雨雪的批阅，经受春夏秋冬的爱憎。当我渐渐灵运了手脚，凿开了混沌，便着手栽种属于自己的植物，培植自己的爱。于是，家中庭院的东墙先有了一棵樱桃树。

　　俗话说："樱桃好吃树难栽。"对于这，我不敢苟同，因为我亲手栽植的那棵樱桃树，一直长得郁郁葱葱。春天到来时，樱桃花让隔壁的桃李一红一白地率先斗艳，而她此时则含蓄地吐露着细碎的洁白，既不招摇，也不猥琐。欣喜的是，在桃李还没有绽放出新叶的嫩绿时，樱桃树却捷足先登，早已在炫耀着她满树的苍翠了。夏日莅临，枝头的樱桃便脱下淡黄的布衣，先后换上浅红的薄纱、粉红的罗裙、绯红的霓裳、大红的旗袍，掩映在绿叶的浓荫里，仿佛楚楚动人的乡村少女，羞赧着容颜，低弄着纤手，要多怜爱有多怜爱，尤其是她们甜美、红润、可人的巧笑模样，不单单给人以强烈的视觉冲击力，而且会让人情不自禁地口齿生津。

　　遗憾的是，那时的樱桃很难吃到多少，这不是由于果实结得不多的缘故，而是因了屋檐上那群淘气贪嘴的鸟雀。或许是樱桃的姿色太美了，招蜂引蝶，或许是果实的香甜太浓了，垂涎欲滴，这让四处觅食的鸟雀也心生嫉妒，于是呼朋唤友，伫立在樱桃树的枝头上，用他们刁钻的嘴去啄樱桃的皮肉。等我发现这群鸟雀的毁灭行动之后，原来玛瑙似的樱桃，只剩下一颗颗果核兀立在枝头，让人怜惜，让人无奈，让人好笑。偶尔也有被鸟雀遗漏的，赶紧将她们一个个地采摘下来，到河渠里轻轻地洗了，放在精致的竹篮里或者白色的瓷盘上，晶莹的水珠还附在樱桃的身上，多情的光波闪烁着，移动着，多像一个眼神，引人遐思，使人忘情。舍不得吃下一颗，舌尖触摸着樱桃嫩滑的皮，那甜蜜的汁水倏地就流了出来，酸酸的，甜甜的，甜醇可口，柔润绵长，这时我会幸福好长一段时间。

其实觉得幸福的远远不止我一人，这是我进了学校之后才真切地感受到的。杜甫吃了感到不够解馋，偏偏还要带些回去让家人尝鲜，于是留有"西蜀樱桃也自红，野人相赠满筥笼"的诗句；白居易品了是文思泉涌，吟咏樱桃的诗就不下十四五首，其中《樱桃歌》中"莹惑晶华赤，醍醐气味真。如珠未穿孔，似火不烧人"四句最为有名。诗是多了，却怎么也追不上蒋捷《一剪梅》的名声："一片春愁待酒浇。江上舟摇，楼上帘招。秋娘渡与泰娘桥，风又飘飘，雨又萧萧。何日归家洗客袍？银字笙调，心字香烧。流光容易把人抛，红了樱桃，绿了芭蕉。"尤其是最后一句，从表象看来虽然通俗了些，却巧妙地借景易色，寓季节更替，时光可贵，这甚是了得，这才有了后来的口口相传，至今不朽。

饕餮似乎是男人的本性，上到飞禽走兽，下到鱼虾鳖鳝，端上桌子谁不会大快朵颐？不过对于嫩娇娇、红艳艳、亮闪闪的樱桃，我觉得更适合女孩子来享用，看她们优雅地拈起一颗，捏着细长绿梗子，巧笑嫣然地把玩两下，才轻轻地送入口中，抿着唇，咀嚼，吞下，也是一种美呀！古代的文人骚客肯定见过这样的情景，他们一下子又难以释怀了，于是把樱桃和女人联系了起来，南唐后主李煜的《一斛珠》将此形象写得是百媚千娇："晓妆初过，沉檀轻注些儿个。向人微露丁香颗，一曲清歌，暂引樱桃破。罗袖裛残殷色可，杯深旋被香醪涴。绣床斜凭娇无那，烂嚼红茸，笑向檀郎唾。"想象力更为奇崛的是白居易，他是把樱桃比作女人嘴的第一人，料想这一定与樊素和小蛮两个如花似玉的美眷有关，因此才会吟出"樱桃樊素口，杨柳小蛮腰"的句子，"樱桃小口"从此在文人中传扬开来。后来的边塞诗人岑参鹦鹉学舌，说"朱唇一点桃花殷"，这个"一点"也是樱桃。

正是受了白老先生的蛊惑，我曾经无数次留意过乡村甚至城市里美人的芳齿，并在想象中无数次将其与樱桃进行过叠映，最后的结果总是怅然，觉得那只能是小家碧玉古典美的代名词——文静娇羞，富有涵养；也曾经将熟透的樱桃含在口中，学着樊素和小蛮的样子，皓齿微露，莲步轻移，却怎么也走不出窈窕娉婷的身腰，于是索性将采摘下来的樱桃狼吞虎咽了下去，然后在自家的院墙留下一个大红的吻——这吻，就是我对故乡深情的爱呀！

红　石　榴

　　与大多数乡村少年一样，曾经好高骛远过，曾经见异思迁过，这就使得骨子里的本性很难做到锲而不舍，更难坚持始终专一，可是对于石榴的刻意关注却是个例外，个中缘由现在分析起来，可能是既为其花，也为其果，还为其所蕴含的丰富的民俗文化。

　　在江南，石榴树虽算不上广栽的果木，但肯定是庭院的宠儿。房前屋后，篱笆墙边，在桃树、梨树、杏树、柿树遍布的间隙里，依然可见那郁郁葱葱的铜干铁枝，在诠释着生命的坚韧，在表白着乡土的情怀，似乎从没梧桐欺兄霸弟之势，也少藤蔓拉扯缠绕之相，更无修竹摇头晃脑之态。更为可贵的是，石榴树不与春光争风吃醋，不与百花争奇斗艳，而是在茂盛葳蕤的夏日绽放羞赧的笑脸，那一朵朵朱红掩映在翠绿之间，惊艳、妖娆、炽热、喜庆，犹如顶着红盖头的新嫁娘，让人赏心悦目，使人浮想联翩。苏东坡观之，温婉地低吟："石榴半吐红巾蹙"；朱元晦赏之，曼妙地赞叹："五月榴花照眼明"；张弘范抚之，由衷地感慨："绿云堆里润生香"……正是这种不媚不俗，不妖不邪，我对石榴花的"真色"与"正色"充满了好感，以至于现在每每见到那光焰四射的"火炬"，眼睛都会为之一亮，继而从中领悟出生活的真谛与成功的力量。

　　经过风雨雷电的洗礼和阳光雨露的滋润，石榴树到了金秋已是硕果累累。石榴的外皮最初是黄绿色的，渐渐地出现了一点暗红，尔后紫红，最后定格为深红。它们悬挂在高高的枝头，仿佛拳头大小的红灯笼，诱惑着一双双贪婪的眼睛向其聚拢，诱惑着一张张垂涎的嘴巴轻轻蠕动。看到那熟透的石榴鼓破了肚皮，露出玛瑙似的籽儿，父亲这时会找来一根长长的竹竿，并在其顶端绑上一柄锋利的镰刀，然后朝着枝条轻轻一拽，那饱满的石榴于是准确无误地掉在下面张开的布袋里。有时稍不留意，石榴会像石块一样砸在我们的手上和身上，尽管青肿生疼，我们却全然不顾，因为饕餮的天性在此时已经完全占了上风，哪里还有时间去喊爹叫娘。沿着咧口的外皮轻轻一拨，石榴美好的"心灵"开始袒露出来，那金黄的皮膜里，镶嵌着无数红彤彤、水晶晶的籽粒，它们手牵着手，肩并着肩，一颗挨着一颗，一粒连着一粒，无不萌动着辛勤耕耘的诗意，无不吟唱着喜庆收获的愉悦。用手剥下一粒轻轻地放入嘴里，无须抿唇细尝，那四溢的果汁酸溜溜的——酸在唇齿之间，甜丝丝的——甜到五脏六腑。有时为了大快朵颐，我们剥下满满的一捧，然后全部含在口中，鼓起的腮帮与唇边的流汁，有力地证明了一个字："爽！"

剥下的石榴皮是不允许轻易丢弃的，祖母会悉心地将其收拢起来，放在烈日下晒干。祖母说，石榴皮很有药用价值，送到药店里可以换些小钱。后来翻阅医书，发现石榴古来就有"御饥疗渴，解醒止醉"的功用。现代医学研究表明，石榴还有杀虫、涩肠、止痢、消炎、抗癌、明目、美容等效果；石榴叶能软化血管、降低血脂、血糖和胆固醇，同时具有迅速解除疲劳的效用。想来，石榴应是天赐的惠民之物了，人间幸哉！

幸哉的还有石榴所蕴含的丰富的民俗文化，祖母对此是津津乐道。石榴花火红艳丽，石榴果饱满圆润，石榴籽晶莹剔透，很吻合中国人大红喜庆、祈求丰收、阖家平安的心愿，从而人们赋予石榴以红红火火、兴旺发达、繁荣昌盛、和睦和谐、幸福美满等象征意义。石榴籽粒多丰满，在民间寓示"多子多福""金玉满堂"，民间婚嫁之时，常于新房案头置放切开果皮、露出浆果的石榴；初生贵子，亲友喜欢赠送绣有石榴图案的鞋、帽、衣服、枕头等以示祝贺，常见的吉利图案有《榴开百子》《华封三祝》《金衣百子》等。此外，石榴还是爱情的象征，珠宝行家就把形似石榴的宝石称为石榴石，并将其定为结婚十七年的幸运宝石，代表着贞洁、真实、友爱和真诚。

金秋时节如期而至，庭院里的石榴又露出了一张张酡红的笑脸，它们热情地招呼着过往的客人，那浅露的皓齿，那微漾的蜜意，诱惑着我赶紧回去——回去与它亲密地接触，回去与它深情地拥吻！

红　枣　子

假日回乡省亲，恰逢邻居有女出嫁，古道热肠的母亲自然闲不下来，忙前忙后地笑着张罗。待嫁妆即将出门时，不知她从哪里捧出一个不大的簸箕，里面装着用胭脂染红的枣子、花生、桂圆和荔枝等干果，嘴里还不停地念叨着："早生贵子，多子多福！"

利用枣的谐音表示祝福的话语，并不是母亲的独创，而是先秦时期就开始流传的民俗。据说古代新妇早起拜见公婆，就要敬献枣栗，其中"枣"喻"早"，"栗"喻"立"，表达早起而虔诚之意，即使到了思想相当开明的现代，乡村习俗仍在洞房花烛之夜，偷偷地在新人被中藏匿一些枣栗，也是取"早立子"的含义。由此可见，被赋予了喜庆与吉祥的枣子，是大多数农家在平时的必备之物。母亲对枣更是情有独钟，每到秋枣上市之时，总要精挑细选地准备许多，因为在她的认知范围里，红枣全身都是宝呢！

可在我们长江中下游地区，枣树的栽培并不普遍，偶尔见到的几棵，也是那种果实不大且味道酸涩的品种，这样母亲所谓的"精挑细选"，只能是去市场上采购。而在那个物质还比较匮乏的 20 世纪七八十年代，挑选的空间十分有限，母亲每次买回的无非就是"山东大枣""北京蜜枣"等几个品种，且神秘兮兮地将其藏于不易被找到的地方，生怕我们这些眼尖嘴馋的"饿鬼"，三下五除二就"囫囵吞枣"了。

母亲之所以这样"吝啬"与"抠门"，除了在新婚嫁娶时要将这些红枣派上用武之地外，她至少在两个方面还要"施展拳脚"：一是为年老体弱者或产妇体虚者，提供益血壮神的"神丹妙药"。母亲识字不是很多，更不谙养生之道，可是一些民间谚语却是信手拈来，譬如"一日食三枣，郎中不用找""门前一棵枣，红颜直到老""要想皮肤好，粥里加红枣""五谷加大枣，胜似灵芝草""一日食三枣，终生不显老"等。正是因为常常津津乐道于红枣的神益之处，乡亲们大多知道母亲的手头肯定还有藏匿的枣子，于是隔三岔五就有人过来讨要。当年我们还懵懂无知，不懂人情世故，唯有对嘴关心，一见有人来讨红枣，就一溜蹿在来人屁股后面，一个劲地唱："枣儿甜，枣儿香，留下几颗敬爹娘。爹不吃，娘不尝，送给出嫁大姑娘……"来人过意不去，便偷偷地"赏"给每人几颗，我们这才嘻嘻哈哈地笑着跑开，然后躲到僻静的地方，美美地享受一番。

另外一个方面，是在每年除夕的晚上，母亲都会用红枣加莲藕，为我们蒸上一道美味佳肴。莲藕在我们长江中下游地区随处可见，将其在沟渠里洗净，取中段切成薄片，然后依照一定的顺序，有层次地放入容量较大的海碗之中，中间凹下去的部分就用红枣填充，直到与碗口持平，同时在其上撒一点红糖，最后再置蒸笼里用旺火猛蒸。蒸的火候把握十分重要，时间长了，蒸出来的藕片会太烂而不脆；时间短了，那红枣和莲藕还没出汁水，吃起来会太硬而不甜。海碗出笼并不意味着万事大吉，母亲这时会拿来一个比较大的瓷盘，将其正面盖在海碗之上，再顺势随手快速地一翻，那热乎乎、香喷喷的莲藕与红枣，会全部倒扣在瓷盘之上，就像一件美轮美奂的工艺品，叫人看了不忍举筷品尝。那绛紫色的汁水随后在瓷盘四周慢慢溢出，用勺子小心地沾上一点，"贪婪"地送至舌尖，那别样的清香，那幸福的滋味，真可谓齿颊流芳，余韵悠长。后来市场上有卖"金丝蜜枣"的，母亲在除夕晚上再蒸这道菜时，逐渐用蜜枣代替了红枣——形不变，味相近，我们现在所能回味的，是母亲爱的味道，是家温馨的味道。

莲藕加红枣不仅可以清蒸，而且可以煲汤。莲藕营养丰富、清淡爽口，能够健脾益胃、润燥养阴、行血化瘀；红枣味甘性温、归脾胃经，可以补中益气、养血安神、缓和药性。也有煲红枣莲子羹的，泡红枣枸杞茶的，烧红枣银耳汤的，还有用红枣煨母鸡的，据说这些都是非常滋补的"美容秘方"。含辛茹苦的母亲自然没有时间，也不屑于去美容的，在她的眼中，红枣就是一种营养丰富的水果，不仅可以生吃，而且可以制作成多种加工品，如枣蓉、枣泥、枣酒、枣醋、枣茶等。看到我对美食这么兴趣高昂，母亲笑呵呵地对我说："中秋节你一定要回来，那新鲜的枣泥月饼可别有一番风味！"

扳扳指头数数，离中秋节还有好几个月的时间呢，不过到时我一定会左手拿着贡糕，右手拎着红枣，再次风尘仆仆地回乡省亲。因为母亲经常这样教导我，在逢年过节时，既要"糕（高）来糕（高）去"，更要"枣（早）去枣（早）回"……

红 山 楂

应邀出席在北京师范大学举行的首届海子诗歌奖颁奖仪式，诗人们情不自禁地会谈论海子，谈论海子的诗歌，有人甚至还朗诵了海子的《山楂树》："一棵夏季最后/火红的山楂树/像一辆高大女神的自行车/像一个女孩畏惧群山/呆呆站在门口/她不会向我/跑来！"我作为海子家乡的特别嘉宾，当然会详细介绍安徽省怀宁县在海子文化品牌的打造、海子纪念活动的开展、海子诗歌传承的途径等方面所做的大量工作，可在仪式结束之后，我的心里免不了还要嘀咕：海子的守望是从故乡开始的，他的作品中凝聚着强烈的故乡情结，他所写的那棵山楂树，是否依然仁立在查湾村高高的山冈上呢？

我现在的工作单位距离查湾村仅仅只有 10 分钟的车程，我曾经去过那里无数回，目力所及的多是杨柳、桃李、枫树、刺槐之类，几乎难觅山楂树妩媚的身影。而作为诗歌的一个意象，山楂那酸涩的味道，让人终生难忘，那燃烧的颜色，给人无限遐思，所以将山楂树比喻成爱情树，不能不佩服海子天才的关联与奇崛的想象。还有异曲同工的，"我不能等你一年零一个月，我也不能等你到二十五岁，但是我会等你一辈子"，这是小说《山楂树之恋》里最能打动人心的一句誓言，或许正是这句暗含着死亡、爱情和忠贞的话语，定格了小说里"史上最干净的爱情"，从而也像海子的诗歌那样可以打动亿万读者，制造了艾米的小说被衍生成纪录片，并由张艺谋拍成同名电影的事实。

海子的故乡虽然难找山楂树的芳踪，可是这并不妨碍我的记忆深处留存的两棵——那是从家到校必须路过的两棵。可想而知，到了金秋时节，那一簇簇、一串串挂在枝叶间的红山楂，不知会吸引多少像我一样顽童贪婪的眼睛，以至于在我的视线中，山楂树仿佛是灵动的，跳跃的，它的生长就像童话里的故事，"忽然间"开了花，"忽然间"结了果，"忽然间"红了一树。站在树下向上望去，那红红的果子你挨着我，我挤着你，一派顽皮天真的景象，好不赏心悦目！煦暖的秋阳也流连其中，在叶子与果子之间闪烁晕染，如同一幅镂空而斑驳的国画，要有多美就有多美！

脚步是迈不动了，口水快流出来了，可那高高的院墙永远都是一道不可逾越的天然屏障，于是想方设法弄来一根长竹竿，顶端用铁丝扎成椭圆形，外面再用布片裹上，然后趁着主人外出劳作的机会，瞅准山楂，使劲一拽，那圆滚滚、红彤彤的果实便应声掉进口袋里，如果弄上了十个八个，得见好就收，否则主人的责骂与较真，绝对会招来父亲一顿"竹鞭拷肉"的奖赏，虽然这种奖赏已经不止一次地领教过。

好不容易得来的"战利品"是绝不会囫囵吞枣的，我将它们藏在书包之中，而书包是夹在两腿之间的，因此尽管是坐在教室里，可是两只手始终都在书包里摩挲，一颗、两颗、三颗……偶尔也将其中的一颗紧握在手心，偷偷地拿上桌面，在鼻尖使劲地嗅上两下，然后再诚惶诚恐地藏好。即使如此，那山楂散发出的清香味道，在食难果腹的年代，还是逃脱不过老师灵敏的嗅觉。他在下课时会主动将你喊到办公室里，象征性地"没收"一颗两颗，然后"嘿嘿"地笑上两声，让你重新回到教室里——我知道，老师是不会自己打牙祭的，他会把两颗红红的山楂带回去，奖赏给他那听话懂事的孩子。显然，这种奖赏与我父亲的奖赏，形式看似迥异，性质完全一样——浓浓的亲情，深深的父爱，无时无刻不体现在生活的细节之中。

家境有所改观之后，过年时，父亲终于从县城里买回来几串冰糖葫芦。乡下的孩子多少有点孤陋寡闻，趾高气扬地炫耀，忘乎所以地舔舐，我突然发现里面裹着的，竟然是久违的红山楂！屁颠屁颠地跑着去告诉父亲，父亲不置可否地笑笑说："这糖葫芦酸酸甜甜的，喻示着幸福和团圆呢！"后来终于听到一首歌曲这样唱道："都说冰葫芦儿酸，酸里面它裹着甜；都说冰葫芦儿甜，可甜里面它裹着酸。糖葫芦好看，它竹签儿穿，象征幸福和团圆；把幸福和团圆连成串，没有愁来没有烦……"

其实，无论是作为爱情的象征，还是对生活美好的祝福，山楂树始终都在以形而上的方式，存在于我们的生活之中。那一树火红的山楂，无论经历过怎样的风霜雪雨，都会尽可能结出属于自己的果实——这同样是我们所期待的，也是我们必须所秉持的！

红 番 茄

  假如现在以童年为圆心，以最美好的回忆为半径，让你去写一篇有关童年"圆"的故事，不知道你会从哪个角度去写。于我而言，可取的素材似乎很多，如游戏时滚动的铁环，衣兜里舍不得花出去的硬币，博弈时那五彩缤纷的弹子等，都与"圆"相关。然而生存是最基本的需求，在 20 世纪七八十年代，留在我记忆深处的，多是些毛桃、青杏、黄枇杷之类能够充饥的水果，当然还有当时司空见惯但价格不菲的红番茄。

  茄子在皖西南的石牌地区数见不鲜，品种大致分为紫茄和白茄两类，而在"茄"的前面冠以"番"，不用解释，这是"舶来"的外地物种。只因石牌地区的田地皆是皖河泛滥冲击形成的，土质特别的肥沃，非常适宜种植蔬菜，故而周边的群众多数成为了菜农。传统的种植随着季节的更替而变化，无非白菜、萝卜、黄瓜、辣椒等，由于都是"大路菜"，加之上市的时间又相对集中，"菜贱伤农"的现象几乎每年都在上演。市场意识比较超前的种植大户，于是开始着手发展大棚蔬菜，红番茄首当其冲被引进栽种了，不过红番茄多被称作"西红柿"，也有喊它"洋柿子"的——故乡的父老乡亲就是喜欢这种类比，如同把火柴叫作"洋火"，把煤油叫作"洋油"一样。

  母亲曾在好长时间里，把红番茄喊作"洋柿子"。她看到四乡八邻也在零星地栽种了，便风风火火地跑到种植大户那里，好说歹说地讨要了几棵，套种在本地的茄子之间。由于绿色的叶片非常相近，在苗期时还真难一时分辨孰是番茄孰是本茄，不过这无关紧要，待到花朵慢慢枯萎之后，那枝丫间米粒大小的绿色果实，足以让你惊喜万分。母亲用手轻轻地抚摸着那圆嘟嘟的果实，左看看，右瞧瞧，自豪之情溢于言表。邻家的大婶也过来凑凑热闹，她们有时也探讨一些问题，交流一下经验：什么时候该施肥了？什么时候该掐顶了？一边说一边笑着，好一幅悠闲得意的神情。

随着暑气的逐渐上升，那绿色的果实在慢慢地长大——先是米粒大小，尔后成为绿豆一般，紧接着状若葡萄，再后来形如乒乓球了，等到完全饱满之时，它依然是深绿色的。母亲把这种还未成熟的番茄还起了个外号，叫作"贼不偷"——名字非常直观，即使真的有小偷来光顾，肯定直奔那鲜艳的红番茄去了，这种深绿色的果子一般不会引起人们的注意。而事实上，我家的番茄很少被人"顺手牵羊"，缘由并不复杂，因为母亲将其套种在本地的茄子中间，这种混淆视觉的做法，还真起到了欲盖弥彰的效果。

充分地吸收了阳光之后，番茄的颜色开始有所改变了，深绿色晕染成浅黄色，浅黄色蜕变为嫩红色，嫩红色过渡为深红色。其实在很多时候，母亲在番茄还没有熟透时就将其采摘下来——现在它已不再是"贼不偷"，谨慎一点没有错，否则自家的孩子就吃不上这"洋柿子"了。

红番茄的吃法五花八门，可凉拌、可热炒、可做汤，样样都是艳丽诱人，酸甜爽口。现代科学早已证明，红番茄中含有丰富的维生素 C 和维生素 A，以及叶酸、钾这些主要的营养素，特别是它所含的茄红素，对人体的健康更有益处，据说不仅能够治疗高血压、贫血、肝炎等多种疾病，同时还有防癌和辅助治疗癌症的作用。农家的孩子关心的可不是这些，更没有繁文缛节的讲究，红番茄拿在手中欣赏把玩一番之后，将其靠近鼻子猛嗅几下，只觉得鼻翼间充满了泥土的气息和淡淡的清香，然后张开嘴巴就是一大口，顿时感觉舌头一阵清凉，紧接着酸酸的味道从齿间悠悠地袭来，真是清爽舒畅，惬意无比……母亲在一旁笑眯眯地看着，那种幸福快乐的神情，比这红红的番茄还要灿烂，还要妩媚。

母亲现在年岁已高，不再种田种菜了，以前司空见惯的红番茄，在她看来没有多大的变化。可在我的心里，终于深深地感悟到：母爱永远都是以子女为圆心的，不论她生活的半径有多长，那种"圆"都光耀夺目，那种"圆"都精美绝伦！

红 柿 子

　　乡间有一句俚语，叫作"柿子专挑软的捏"。在特定的语境中，尽管其隐含有一点贬损之义，但是现实生活积累的丰富经验，半点毫不含糊地告诉你：那光润酥软的红柿子，品尝起来才甜丝丝与滑嫩嫩呢！

　　甜丝丝与滑嫩嫩，那是舌蕾的最初体验，亦是脑海的美好记忆。之所以对红柿子印象深刻，是因为它不同于红苹果、红石榴、红桑葚之类的水果，在采摘下来之后即可食用，而是需要熬上好长一段时间，等它慢慢地由硬变软，这样才可轻轻地揭去其表层的薄皮，美美地让齿颊生津，让胃口大开。这其间当然也有捷径可走，常用的办法就是找来一些细小的树枝或者竹枝，用水冲洗干净，然后从柿子的蒂部斜插进去，再将其放在铺满稻草的木桶里，严严实实地捂上几天，原先生性刚硬的柿子，不知怎么就变得温文尔雅起来，握在手中竟然有把玩玉石之感，不过，那树枝或竹枝斜插下去的那一小块，可能会变成灰黑色，甚至会长上细细的白色绒毛，食用时一般会将其剔除。还有一种办法据说是屡试不爽，就是备用烈性的白酒，将棉布或者毛巾浸湿，然后在柿子的表面轻轻地拭擦，这样通过物理作用和化学反应，能很快地将柿子催熟。遗憾的是，幼时家境贫寒，酒是昂贵的奢侈品，岂敢拿来大材小用。时过境迁，现在的生活条件虽然有所改善，可每次面对硕果满园的水果，选择时常常无所适从，即使是挑选到了令人垂涎欲滴的柿子，也一定是那种完全熟透的，故而这种办法一直是道听途说，从未亲手试过一回。

　　对红柿子印象深刻还有一个重要原因，那是建立在味觉之上而产生的一种美感。味觉是最初级的出于本能的一种生理反应，而美感是感知、想象、情感、理解等多种心理功能综合交错的矛盾统一体，它们既有自己独特的心理功能，又彼此依赖、共同诱发、相互渗透。红柿子给予人的美感，在我认为，更多的是在于人的视觉，不信你看呀，深秋时分，满山遍野的柿树层林尽染，犹如一片红色的海洋，陶醉在这美轮美奂的景色之中，谁不心旷神怡，谁不酣畅惬意？那一片片红柿叶，在秋风中摇曳，犹如一面面小红旗在招展；那一串串红柿子，在高枝上低垂，仿佛一盏盏小灯笼在闪烁。面对此情此景，心底那柔软的部分最容易被触动，似乎有稚嫩的歌谣随着秋风，从心底悠悠地传来："一盏小灯笼，两盏小灯笼，树叶片片落，灯笼盏盏红……"如此玩耍嬉闹的快乐场面，与除夕晚上提着红灯笼四处串门的兴奋温馨，在我们的乡居生活中何止只有一次！原来，美感是建立在记忆基础之上的，还是记忆最折磨人呀！

美感是形而上的，更多的属于精神范畴。民俗对红柿子情有独钟，并借用它的美德和寓意，将其提升到了文化的高度。唐代段成式所撰的《酉阳杂俎》记载，"柿子树具有七德：一为长寿；二为树荫大；三无鸟巢秽物；四无虫蚀；五是叶彤而美艳，可供赏玩；六是硕果累累；七是落叶肥大，可供书写。"德为先，红喜庆，加之"柿"谐音"事"，因此民俗文化通常在生辰、庆贺、婚礼的器物上，将其与"如意"的物象绘绣在一起，组成"事事如意"的吉祥图案，图案多为一童子肩扛"如意"，手持"双柿"；亦有肩扛"如意"，而垂缀"双柿"者；还有将两个"如意"交叉，两旁配以"柿子"的。这类器物据说在明清时期广为流传，而现在用红柿子来讨彩头的现象已经不多见了，更多的时候是让其回归到了物质的层面，在品尝者的心中留下了"色胜金衣美，甘逾玉液清"的形象。

虽然柿子营养价值很高，含有丰富的蔗糖、葡萄糖、胡萝卜素、维生素C、瓜氨酸、碘、钙、磷、铁等，但是在吃柿子时还是有一些禁忌的，譬如不能空腹吃，不能大量吃，不能连皮一起吃之类。另外，不宜与螃蟹、海鲜、红薯、酸菜等同吃，营养专家说到此是口若悬河，中医典籍记录它是言之凿凿。故而每次将柿子握在手中，总会身不由己地掂量掂量，无形中使我对那柿子的通体红晕，产生了一种敬畏之心。

柿子的红，需要风霜的洗礼；柿子的软，需要时间的沉淀；柿子的美，需要心灵的通感。此刻，我怎能不想到熟稔的故乡，不想到那树上垂着的一个个红柿子，就像一盏盏慰藉灵魂的红灯笼，在家园的上空忘情地召唤，迷离地闪烁……

红 枸 杞

随着物质条件的大幅改善和生活水平的日益提高，人们对健康越来越重视了，于是版本各异的养生书籍洛阳纸贵，五花八门的保健药品闪亮登场。以红红的枸杞为例，常见的保健品就有枸杞润肠茶、枸杞益阳酒、枸杞雪花膏等；而以枸杞为食材来烹饪的菜肴，或以枸杞为原料来滋补的羹汤，那在品种上更是无以计数，似乎这小小的枸杞就是能够包治百病的灵丹妙药，其食用价值、药用价值以及保健价值都不可估量。

其实在我们乡下，父老乡亲对枸杞价值的认识并不够充分，更不够透彻。这也难怪，乡间野生的枸杞树，不如梧桐那样粗壮，没有杨柳那般婀娜，不像桃李那么实用，它们一丛丛，一撮撮，根枝虬曲地扭缠在一起，簇拥在沟渠边、堤坝上、篱笆外，寒风吹则吹，烈日烤则烤，暴雨淋则淋……但你不得不承认它们不仅有着旺盛的生命力，而且是一道纯天然且无修饰的原生态景观，不过乡亲们见到它，依然是退避三舍，或者说是敬而远之，因为枸杞的枝条上长满了尖利的细刺，稍不注意碰到它，轻则钻心地痛，重则会使你鲜血直淋。也有最终经不住诱惑的时候，尤其是每年的金秋时节，那一串串鲜红饱满的枸杞挂满枝条，仿佛一盏盏小小的灯笼在秋风中摇曳，在秋光里惊艳，这时不论是耄耋老者还是垂髫孩童，都会情不自禁地伸出手去，小心地采摘几颗，忘情地丢进嘴巴里，美美地品尝一番。饱含汁水的新鲜枸杞，既有樱桃入口的爽滑，又有红枣回味的酸甜，这在往昔食难果腹的年代，怎能叫人不为之口舌生津呢？

叫人口舌生津的还有枸杞的嫩叶。关于枸杞的嫩叶，乡亲们赋予其诸多别名，如"地仙苗""天精草""枸杞头"等，而我最喜欢的一种称谓叫作"甜菜头"。从形而上的层面来解读这种发自肺腑的喜欢，我觉得喜欢甜菜头，就像是喜欢一首诗——这首清新隽永的诗，既是精神的，又是物质的。说是精神的，是因为它春意盎然，赏心悦目，尤其是一场淅沥的春雨过后，枸杞枝头新冒出来的嫩苗，正处于生命的初始状态，其青绿的色彩，昂扬的姿态，饱满的热情，充满了生命的动感，就像母亲见到婴儿一般煞是可爱。说是物质的，是因为它经济实用，清爽可口，像采茶那样，用指甲轻轻掐下枸杞的嫩头，随手放进腕挎的竹篮里，待到摘了蓬松的半篮，放到河水里洗净，然后直接拿开水一焯，那弱带苦味的清香气息，立刻就会将你的五脏六腑熨得服服帖帖，再将焯好的甜菜头冷却、挤水、切段，用食盐、酱油、麻油等调料均匀一拌，眼前这盘健脑抗衰、滋肝补肾的绿色食品，定会使你举箸不停，食欲大开。

　　生活就是这般充满着合情合理的悖论——枸杞叶是苦的，却享有甜菜头的别名，并且在吃这种苦时，你是乐此不疲，甚至是回味无穷。甜菜头口味纯正，可是采摘起来并不能随心所欲，每到五月初的时候，乡亲们就约定俗成地制订了一条规矩，即使家里再穷，即使没菜下锅，谁也不能再去采摘甜菜头！道理非常简单，枸杞树必须保留叶子才能开花，没有叶子的枸杞树绝对过不了夏天。枸杞花是自下而上开放的，它们先是三三两两地探出纵横交错的叶丛，用好奇的眼神打量着周边的世界，尔后将嘴巴贴近彼此的耳朵，窃窃私语几句，再呼朋唤友地招呼大家赶紧出来列队报到。怒放的枸杞花，你挨着我，我挨着你，密密匝匝地站满枝头，那紫色的花蕾在初夏的暖阳下，一个个绽放着幸福的脸庞，笑问着过往的南风：那火辣辣的季节距离我们还有多远？我们得赶紧把那绿莹莹的宠儿，交给夏天去炙烤，去历练呢！

　　从绿莹莹的"宠儿"到红彤彤的"媚娘"，枸杞在不受关注中实现了华丽转身，而要使圆润娇艳的枸杞真正脱胎换骨，最佳的办法就是晴天晾晒和自然风干。晒干的枸杞形似于新疆的葡萄干，只不过颜色是最大的区别而已。当然，其药用价值和保健价值也比葡萄干更胜一筹，既可以入药、泡茶，还可以浸酒、炖汤，据说只要不在感冒发烧、炎症发作、腹泻期间食用，绝对具有补肝益肾、养血明目、防老抗衰的功效，这也是枸杞桂圆茶、枸杞乌鸡汤、杞菊地黄丸等为什么如此深受普通老百姓钟爱与喜欢的缘由。就连北宋大文学家苏东坡也写诗赞曰："根茎与花实，收拾无弃物。大将玄吾鬓，小则饷我客。似闻朱明洞，中有千岁质。灵庞或夜吠，可见不可索。仙人倘许我，借杖扶衰疾。"

乡间零星生长的枸杞尚且如此令人感怀，要是在塞上宁夏眺望那壮观无垠的殷红场景，真不知苏东坡将会怎样的诗兴大发，反正我是眼睛迷蒙了，脚步僵硬了，嘴里却在小声哼唱着："风光秀美艳阳天，尕妹妹住在黄河边。枸杞红来绿叶翠，美不够的家园赛江南呀！再看尕妹妹的笑脸脸，哥哥的花儿绕过云端……"

红 苹 果

　　研读鸿篇巨制与典籍经传的闲暇，偶尔也随便翻翻，看点幽默、笑话、故事、随笔之类，来为本就情趣盎然的生活增加更多的雅兴与闲适。前两日无意中发现一道脑筋急转弯颇有意思，问的是："什么水果可以改变世界？"答案既叫人捧腹不已，也令人颔首信服，"苹果！"的确，夏娃偷吃了苹果之后，与亚当创造了人类；牛顿因苹果砸在他的头上引发思考，发现了万有引力定律，从而使力学改变了世界的生产方式；乔布斯以被咬了一口的苹果为启示，创立了苹果公司，成为科技产品界的执牛耳者。

　　既然纷纭繁杂的大千世界都能够被小小的苹果所改变，毫无疑问，它肯定也可以改变我们的日常生活和社会习俗，尤其是像我这样在 20 世纪六七十年代出生，同时家庭成分是农民的中年之人，对当时并不多见且价格昂贵的苹果，可谓是印象深刻。精打细算的母亲在一般情况下，是不会狠下心来去买苹果的，不过有两种情况除外：一是在孩子生病的时候。躺在病床上，如果你茶不思，饭不想，胃口全无，母亲偶尔会买来几个红苹果，悄悄地放在你的枕边，这时不要说美美地咬上一口，就是看着那红扑扑的外形，闻着那轻悠悠的沁香，病情立马就会有所好转。二是在大年三十的时候。农村的除夕有个习俗，一家人围在火炉旁守候新年的钟声，无论是小孩还是大人，都会分到一个红红的苹果，寓意"红红火火""平平安安""团团圆圆"。争先恐后地拿到苹果之后，谁也不会轻易下口，兄弟姊妹立刻围在一起，叽叽喳喳地比大比小，结果总是最小的拿到的苹果最大，只见弟弟的小手将苹果紧紧地握着，有时还藏在那臃肿的棉袄里，生怕别人抢了去，看来所谓的"孔融让梨"，可能是一种理想主义的教育，绝非孩子的天性。

正是因为红苹果在传统的社会习俗中有着特殊的寓意，在我们乡下过年祭祀时，它与公鸡、鲤鱼、猪头等祭品摆在一起，是不可或缺的主角之一。祭祀用的红苹果多为三个，家庭实在拮据，也有用一个代替的，母亲为此反复叮咛："这些苹果都是供奉给祖先吃的，任何人都不许贪嘴！"父亲随之也会板起脸孔，挥舞着手中的竹鞭，大声地训诫："谁敢偷吃这祭祀的苹果，就家法伺候！"除夕晚上分到的苹果经不住馋虫的诱惑，很少有留到春节早晨的，当苹果的香甜还在齿颊之间悠悠地回味，几双贪婪的目光就盯住了案几之上那用作祭品的苹果，不过母亲的叮咛特别是父亲的训诫还是起到了立竿见影的作用，谁也不敢越雷池一步，馋劲实在熬不过，就趁大人不在家，偷偷地拿起红苹果，忘情地用舌头在上面舔上几舔。"元宵，元宵，不吃就一包糟。"只有待到正月十五之后，这用作祭品的三个红苹果，才能在母亲的主持下，分送到我们弟兄三人的手上。看着我们激动的脸蛋也像那红苹果一样，含辛茹苦的母亲，终于心满意足地微笑起来……

母亲这样幸福甜美的笑容，随后还出现在另一个喜庆的场合。那是乡村的生活条件得到极大地改善之后，结婚的仪式也由传统逐步走向开放，内容也变得更加丰富多彩起来，其中有一项就是新人互啃红苹果。苹果是用红绳子系着吊在高处的，可以上下自由滑动，一对新人在苹果的下方相对而立，在好事者的口令之下，这场别开生面的游戏才算正式开始，有促狭的后生为了捉弄不许动手、只能动嘴的新郎新娘，将那悬着的红苹果不停地上下拉动，结果使得新郎新娘常常是面面相贴、唇唇相吻，惹得里三层外三层的亲朋好友，无不笑得前仰后合。此时的母亲虽站在嬉闹的人群之外，但她的脸上始终挂着温馨的笑意，因为她知道，她的三个儿子在随后到来的良辰吉日里，谁也逃脱不了这种其情融融、其乐陶陶的游戏。

尽管社会习俗的本质是属于草根的、大众的，但是能够改变世界的红苹果，早已从民间上升到了更高的一个层面，就连国外的圣诞节也时兴起"互赠苹果保平安"的礼仪来，更不必说大街小巷那激情四溢的歌声了："你是我的小呀小苹果儿，怎么爱你都不嫌多，红红的小脸儿温暖我的心窝，点亮我生命的火，火火火火……"

红 草 莓

在琳琅满目的水果之中，草莓当是鹤立鸡群，属于比较娇贵的一类。说其娇贵，原因无非有二：一是需要温室大棚来精心侍弄，二是果肉容易碰伤而不易保存。也正是基于此，那之前并不多见且价格不菲的心形红草莓，对于食难果腹的农家孩子来说，简直就是一种奢望，即使偶尔能够得到既硕大又鲜亮的三五颗，那真犹如捧着珍稀的红宝石一般，趾高气扬地炫耀上大半天，也不愿轻咬一口来解解馋瘾。

能够解馋瘾的，有与其形似的一种多年生草本植物：野草莓。很显然，这是相对于温室大棚里种植的草莓而言的。只不过野草莓的形状要小许多，味道也要偏酸一些，对于生长的环境更没有那么多的讲究了，它们随意地分布在阡陌旁、田埂边、山坡上、溪水畔，一丛丛的，一簇簇的，红润柔软，鲜艳欲滴。伴随着融融的春意，童心顿时也萌动起来，大伙的指尖都迫不及待地穿过枝叶和荆棘，将那又红又大的野草莓一个个地采下，直接丢进嘴巴里，美滋滋地品尝一番，那又酸又甜的别样风味，与秋天里成熟的红葡萄确有异曲同工之妙。吃不掉的没关系，随手扯下一根狗尾巴草，在一头打个麻花结，把采到的红草莓一个个地穿进去，连成长长的一串，顿时就像是拎着一串鲜艳的冰糖葫芦，也像是提着一盏盏小小的红灯笼，别提有多兴奋与惬意了。有的小伙伴则直接脱下衣服，将采摘下来的野草莓小心翼翼地包起来，结果稍不留心，点点殷红还是会把衣服晕染了，回到家中，自然免不了父母的一顿嗔怪与数落。

野草莓如同天然的珍馐，伴我度过了美好的童年和少年。或许是老家的乡亲没有种植习惯的缘故，直到 20 世纪 90 年代初走上工作岗位之后，我才得以与现在司空见惯的草莓有了第一次亲密接触。那是春节过后的一个周末，应了两位文友的邀请，前往城郊的一家蔬菜基地进行采风。当时温室大棚刚刚兴起不久，我与文友为了一探其中的究竟，便在主人的带领下，好奇地步入其中。一阵热浪迎面扑来，我擦了擦已经完全模糊的镜片，顿时被眼前葱茏的绿意惊呆了：那碧绿的菠菜娇翠欲滴，那泼辣的青椒个性十足，那悬垂的紫茄憨态可掬，那抽薹的大蒜清香悠悠……更有令人惊奇的，我在一顶大棚里竟然发现了一垄垄藤状的植物，那藤蔓上的叶子，呈倒卵形，那叶片之下，有娴静洁白的小花点缀其间，那小花落去的蔓蒂上，则平躺着一颗颗晶莹剔透的，有着心的颜色和心的形状的果实。"野草莓！"我情不自禁地叫出了声。大棚的主人看见我的神情如此地夸张，便笑着娓娓地向我们介绍起草莓的栽培特性与营养价值。

可能正是受了"熟视无睹"这个成语的暗示作用，蹲在温暖如春的大棚里，我几乎想不起来那沁人心脾的野草莓，到底长在什么样的藤蔓之上，只知道那一点点的殷红，还闪烁在心灵的深处；只知道那一丝丝的酸甜，还停留在齿颊的两边。此刻的景象迥乎不同了，我不由得仔细打量着眼前的这些"窈窕淑女"来：那红着脸膛，大大方方展现她的成熟与丰满的，是幸福的新嫁娘；那白里透红，羞着脸，低着头，不是特别自信的，是待字闺中的美少女；那时而调皮地躲到叶子后面，时而又从叶子后面探出头嬉笑着的，是稚气未脱的小丫头……"能与这些红颜长相厮守，做鬼也风流呀！"文友的一句戏谑之言，倒是逗得大棚的主人满脸通红——这红与草莓一样，是自然的红，是健康的红！

如今，很少有机会再到乡间去走一走了，野草莓似乎已经淡出了我好高骛远的视野。大棚栽培出来的草莓尽管可以经常买来尝鲜，可是清洗之后，盛放在青花瓷盘里或者透明器皿中，总觉得那是一件意趣雅致的艺术品，不适合我这般粗俗之人狼吞虎咽。偶尔也矫情地翘起兰花指，轻拈一颗放入口中，优雅是要优雅许多，可心里却在念叨：大千世界，芸芸众生，一些卑微其实也蕴涵高贵，譬如草根，譬如草民，譬如草莓……

红荸荠

夜读周作人的《饭后随笔》，发现先生果真是性情中人，至少在两篇文章中提到了其貌不扬的荸荠，尤其是"说它怎么甜并不见得，但自有特殊的质朴新鲜的味道，与浓厚的珍果正是别一路的"这句感悟的话语，给人留下的印象特别深刻。没想到其兄鲁迅对这乡野之物也是有所偏爱，他在给友人的信中写道："桂林荸荠，亦早闻其名，惜无福身临其境，一尝佳味，不得已，也只好以上海小马蹄代之耳。"

两位文学巨擘津津乐道的荸荠，到底是水果还是蔬菜？散文家苗连贵在其佳作《粗水果，俏荸荠》中也曾提出过这个疑问，最后的答案为："嚼之啖之，脆嫩无渣，胜似水果。"不过在我看来，荸荠不论是水果也好，还是蔬菜也罢，在那食难果腹的年代，都堪称美味珍馐，因为其生吃有生吃的爽口，热炒有热炒的甜脆，煲汤有煲汤的滋美……因此，荸荠自古就有"地下雪梨"的美誉，北方人更视之为"江南人参"。其实蒸熟的荸荠也别有风味，错落有致地摆在盘中，红白相衬，高低相叠，简直就是美轮美奂的艺术品。需要强调的是，蒸煮一般是不去皮的，那紫的紫里透黑，红的红润丰肥，在蒸汽的作用之下显得十分富有光泽，其形状犹如象棋的棋子或者算盘的珠子，只不过直径稍微要大上一些。顽劣是所有孩童的天性，有好事者从家中偷偷拿来针线，将蒸熟的荸荠穿成长长的一串，然后将其比作佛珠挂于胸前，耀武扬威地扮演起《西游记》中的沙和尚或者《水浒传》中的鲁智深来。如果嘴馋了，顺势就吃上三五个，那个美呀，全都酣畅淋漓地表现在微微扬起的嘴角之上。

俗话说："樱桃好吃树难栽。"同样道理，荸荠好吃但难挖。这种状况是由荸荠的生长习性所决定的，因为它的成熟期多是在寒冷的晚秋和冬季。此时，水田里的水已被全部放干，枯萎的细长叶杆呈倒伏的姿势，紧贴在淤泥之上，要想获得更多的"战利品"，就必须脚穿皮靴下到田中，先用铁锹挖出一个豁口，然后高高地卷起袖管，开始用两只手在泥淖里使劲地扒拉，认真地找捏，等到捏出一个个滑溜溜的小泥球，这才笑逐颜开，心花怒放，全然不顾手上刺骨的寒和痛。由于裹着泥巴荸荠的颜色与泥土的颜色比较接近，这找捏是需要下一番功夫的，孩子们大多是出于好奇的心理，一般是见好就收，而在大人们的眼里，这些"泥疙瘩"都是"金豆豆"呢，必须在过年之前将它们全部采挖出来，一来可以在除夕的年夜饭上添道美味的佳肴，二来可以在集市上换些钞票补贴家用。因此我们采挖时可是豁出小命了，竟然脱去鞋袜，光着脚丫在泥水里触踩，假如碰到硬硬的一块，伸手顺着脚底摸去，自然是"手到擒来"。如此采挖上来的荸荠，一个个形扁蒂短，浑圆厚实，拿到集市上绝对是抢手之物。

当然，要想成为抢手之物，还必须有个前提：荸荠的品相要好——这品相完全体现在清洗之上，这清洗完全是家中女性的活儿。采挖出来的荸荠，全身裹满了泥巴，得先将其放入水中浸上二三十分钟，待到泥巴基本软化，再用纱布轻轻地拭擦，然后再放入另一盆清水里漂洗即可。洗净的荸荠堆在一旁，尖尖的嘴子，紫红的皮，圆扁扁的，红润润的，活脱脱一个个顽皮的小子，叠罗汉似的挤在一起，煞是可爱。清洗的过程同时也是筛选的过程，那些个头偏小和品相较次的，则会被留下来以解馋瘾。

除了食用价值之外，据说荸荠还有一定的药用价值。中医认为，荸荠味甘、性寒，具有生津润肺、化痰利肠、通淋利尿、消痈解毒、凉血化湿、消食除胀等功效。小时候咽喉肿痛，母亲不知道从哪里打听到了一处偏方，说是吃上几个烤熟的荸荠便可，于是如法炮制，还果真立竿见影，这不得不令我对这貌不惊人的荸荠刮目相看。

如今我虽然远离了熟稔的乡村，但是依然能在摊位前和餐桌上发现荸荠的身影。那红，能让人领略一丝亲切之感；那红，能让人参悟一缕温暖之情；那红，能让人提到故乡就不能自已地心生微澜……

红 葡 萄

对于葡萄的最初认知，并非来源于相声里那段经典不衰的绕口令："吃葡萄不吐葡萄皮，不吃葡萄倒吐葡萄皮……"而是受到了祖母两个神乎其神的故事的诱惑与影响：一是正月二十五日的夜里，在葡萄架下能听到老鼠吹吹打打娶亲的热闹声音；二是七月初七的晚上，可听到牛郎织女相会时的窃窃私语。玄妙的故事总能激起孩子们的好奇心，于是竖起耳朵来屏息聆听，结果每次都是乘兴而来，败兴而归，心中不免泛起青葡萄一般的酸意，并在幼小的心灵里为之深深地遗憾着。

青葡萄酸，但是红葡萄甜。甜的原因在于其成熟的浆果中，含有大量的葡萄糖，再加上多种对人体有益的矿物质和维生素，故而既美味爽口，又富含营养。只不过这种晶莹剔透的红葡萄，在我所蜗居的乡村并不多见，零星栽种的几株，也是从外地移植过来的——当时我家院子里靠近猪圈的那一株，据说就是父亲在外做生意时，花高价钱买来的。可能是肥料供应十分充足的原因，也有可能是父亲精心料理的缘故，那株葡萄树长得又粗又壮，尤其是到了酷热的夏天，那青青的葡萄藤较着劲似的，沿着纵横交错的铁丝四处攀缘，很快就覆满了猪圈上空的竹木架子，染绿了与猪圈相连的整个屋檐，最后横空漫过头顶，编织成一张硕大的华盖。偶有几条不甘寂寞的藤蔓偷偷地绕过墙头，伸出稚嫩的小手，与繁盛曼妙的牵牛花打着招呼，那赤红碧绿交相辉映的唯美场景，煞是赏心悦目。

更为赏心悦目的是在金秋时节。几阵凉爽的秋风过后，葡萄的叶子开始由绿转黄，那紫红色的浆果犹如一串串数也数不清的珍珠玛瑙，将猪圈上方的竹木架子几乎都要压倒。父亲端来一张三尺来长的板凳，稳稳地站了上去，左手将整串葡萄完全托住，右手拿剪刀使劲一剪，再微微地弯下身子，把采摘下来的"战利品"，轻轻地放入母亲手中举着的簸箕里。在门前的河水中仔细地清洗过后，母亲会将这些紫红的葡萄按人头分成均等的几份，然后让各人捧着一大瓷碗去美美地品尝。而祖母此时最擅于调动我们的想象力，有说葡萄像星星的，有说葡萄像鸟蛋的，有说葡萄像乒乓球的，贪玩的弟弟更是语出惊人："这分明就是玻璃弹子呀！"说完还拿出几颗，在桌上有滋有味地玩了起来……

贪玩是孩子的天性，我在年幼时也是如此。那时我最喜欢玩的，就是喜欢欣赏祖母床上的一些木雕作品。祖父是木匠出身，手艺在十里八乡都颇有名气，只可惜英年早逝，留给祖母的就是那张造型精致的婚床。婚床的正面是"喜上眉梢""福禄寿喜""八仙过海"等具有寓意的图案，而床沿的两边各雕刻有一串饱满殷实的葡萄和两只振翅欲飞的蝙蝠，由于那时还没有对传统的民俗文化产生浓厚的兴趣，便缠着祖母打破砂锅问到底："这葡萄与'多子多福'有什么关联呢？爷爷吃过葡萄吗？如果没吃过，这葡萄又是怎么雕刻出来的？"稀奇古怪的连珠炮似的发问，常常逼得祖母是哑口无言。

父亲也有一次是无话可说。当时他心血来潮，说要将没有吃掉的红葡萄拿来酿酒，然后在过年时进行品尝。一家人闻听此言都蠢蠢欲动，于是将洗净的葡萄自然晾干，去掉梗，按照 5∶1∶1 的比例放入白糖和红糖，然后将葡萄的浆果小心地挤破，与白糖和红糖充分搅拌，再放入一个大玻璃瓶中密封，待其自然发酵。大年三十的晚上，一家人其乐融融地围坐席间，父亲兴高采烈地搬来了那个密封的玻璃瓶，只见酒液与葡萄的果肉、籽、皮分为上下两层，位于上部的酒液呈微红色，看了就让人心情舒畅，胃口大开。满满地斟上一杯，美美地啜上一口，不曾想那葡萄酒又酸又涩，弄得一家人眉头紧锁，无法下咽。父亲自然尴尬得无法言语，一直在那搓着手，不知如何是好——毕竟这是年夜饭呀，图的就是吉利。倒是祖母反应很快，自嘲地笑着说："不吃苦中苦，怎为人上人！"说完还连干了好几杯，这才打破一家人面面相觑的局面。后来查找原因，终于弄清楚是红糖放得过多，加上发酵不够充分所致。

如今，老家的那株葡萄树已经不复存在，童年的遗憾也将永远地留存下去。但我很惦念那串串红葡萄的味道——那是家乡独有的味道，那是亲情浓郁的味道，那是我对生活感恩的味道……

红 桑 葚

在汉语的辞格中，夸张是被运用得较多的一类。譬如"红得发紫"这个词，在口语中就极尽夸大之能事，而实质上其本意指的是在古代九品官制下，按照官位从高到低分别得着紫袍、红袍、青袍和绿袍等。显而易见，紫是排在黄之后的第二高贵之色。可是如果用"红得发紫"来形容一种水果的话，那么桑葚绝对是当之无愧。

桑葚的"红得发紫"，自然有个渐进的过程，可是从量变到质变的时间似乎很短，尤其是到了四月的中下旬，那翠绿桑叶掩映之下的星星点点，倏忽之间就由浅红过渡为深红，再由深红蜕变为黑紫。这个时候的桑葚周身乌亮，个大籽满，不仅最为养眼，而且十分可口，随便摘下一颗丢入口中，那酸甜交融的味道堪称绝配，既汁水横流，生津止渴，又隽永绵长，回味无穷。故而《诗经·国风·卫风·氓》中这样吟唱："于嗟鸠兮，无食桑葚！于嗟女兮，无与士耽！"此诗借用斑鸠吃了桑葚会美得迷醉过去，掉落树下而轻易地落入猎人手中的比兴手法，来告诫那些怀春的少女，不要过于和男子沉迷于热恋的爱情之中，最后犯下糊涂，遭受始乱终弃的不幸命运。

乡下的女子比较传统，也很含蓄。在桑葚泛红的季节，她们可不知道比兴的谣曲还有这么深奥的含义，只清楚那些红中透着紫色、紫中闪着黑光的果实，在每年的布谷声声里，确实是一种极大的诱惑，可她们不能像男孩子那样不管三七二十一，大把大把地往嘴里硬塞，因为一不小心，桑葚的汁水会弄脏你的衣袖和前襟，更会将你的嘴唇和牙齿都染得乌黑乌黑的，这在当时的思想观念还比较保守的乡村，怎能抛头露面？又如何上得厅堂，下得厨房呢？有些大姑娘小媳妇实在馋得忍不住了，就会偷偷地溜到桑树底下，悄悄地摘下一大捧，小心地用手帕包住，然后再躲到没人的地方慢慢地享用。你若是有机会亲眼目睹，那倒也别有一番情趣：她们会用那又白又嫩的拇指尖和食指尖，轻轻地捏上一个两个，然后稍稍地扬着头，微启朱唇，小心翼翼地往舌尖上送。她们很少砸巴着樱桃小口尽情地品尝，多数是先含在嘴中三五秒钟，再囫囵吞枣似的直接将其咽食下去，这样既能够领略到桑葚的那种酸甜味儿，还可以避免桑葚的汁水在不小心的情况下所带来的窘态。

斑鸠是不在乎这种窘态的，画眉、黄鹂、八哥、鹧鸪、麻雀等也不置可否。童年时分，我就特别羡慕这些贪嘴的鸟儿，它们每天早晨起来，就可以躲在茂盛浓郁的桑叶之下，围着色泽鲜艳的紫红桑葚，忘乎所以地争相啄食；美餐之后，或交头接耳讨论着吃法，或引吭高歌抒发着情怀，那副悠哉乐哉、怡然自得的满足神情，令人好生羡慕。而我们则被严厉的父亲"明令禁止"：绝不可以攀高！更不允许爬树！因此，每当馋虫像蚕儿一样慢慢在心尖蠕动时，我们最盼望的就是有一阵风起，这样熟透了的桑葚就会三三两两地掉落下来，随手捡起一颗，迫不及待地送入口中，那种感觉真可谓"参差红紫熟方好，一缕清甜心底溶"，而眼前所见的则是"殷红莫问何因染，桑果铺成满地诗"了。

桑葚的"红得发紫"，除了描其形与绘其态之外，还与它的经济价值和药用价值有着必然的联系。在长江中下游的沿江地区，置圃养蚕一度是传统的家庭副业，而养蚕的食物来源就是陌上那青绿的桑叶，因而桑树被重视的程度可想而知，"女执懿筐，遵彼微行，爰求柔桑"的动人场景，曾经数见不鲜。这里且不说桑叶可以喂蚕缫丝，织出人间最美的丝绸，单就桑树的药用价值而言，桑叶、桑枝、桑皮均可入药，特别是成熟的桑葚，不仅可以滋阴补肾，活血乌发，养心益智，润肠去燥，并且对治疗贫血、高血压、神经衰弱等病症具有一定的辅助功效，中医赠以"民间圣果"的美誉真的一点也不为过。

再回到汉语的词性上来说，"红得发紫"多少有点褒中含贬的味道。可是应用到桑葚的身上，这红绝对是故乡流动的血液，这紫肯定是乡亲真情的呼唤——我多么希望能有一天，可以择一块山地，披一身蓑笠，种一片桑林，如此，那鲜红黑亮的果实将会充盈我的梦境，那幸福惬意的酸甜终会流遍我的全身……

红　菱　角

　　夜晚无事，慵卧床头，翻阅汪曾祺的小说《受戒》。汪先生的文章我是一向喜欢，那浓郁的乡土气息，那独到的审美颖悟，总是让人情不自禁地生发出许多情绪来。《受戒》已经看过好多回，小英子和明海之间纯真的友情，仿佛就是我们童年影子的真实写照，不过这次引起我注意的，却是文章结尾处芦苇荡里那开着白花的小小菱角。

　　我的老家在长江边上，湖汊纵横，池塘密布，儿时的记忆中，采莲摘菱是最大的乐事。莲藕一般要到盛夏时节才能使人口舌生津，菱角却迥然有异——冰消雪融，杨柳绽青，塘底的菱角就开始发芽了，那像花样的菱叶还没浮出水面，我们就急不可耐地拿来长长的竹竿，将它们连根带枝卷捞上来，小心翼翼地取下那只已经冒出新芽的菱角，然后再把枝叶胡乱地放养回水中。那时的菱角完全呈黑褐色，外壳坚硬无比，咬嚼起来不仅没有什么劲道，而且带点烂味和水腥味，实在是难以下咽，但是在那物质匮乏、食难果腹的年代，这却是不可多得的美食，因此每天上午，小伙伴们站成一排卷捞新菱角的各种神态，成了乡村一道生动奇异的风景。

　　蝉声不绝，红莲谢蕊，菱角的花儿也次第开放了，淡紫色的聚集在一起，银白色的相拥在一块，鹅黄色的穿插在其中，仿佛一幅水墨丹青，煞是诱人。挽起裤腿，站立水中，轻轻地提起一簇菱叶，水灵灵的菱角已如刀枪附在暗红色或者青绿色的叶下。暗红色叶子一般结的是家菱，青绿色叶子一般挂的是野菱。家菱又称水菱，只有两只角，状如水牛头，个大、皮厚、味美；野菱也叫青愗，有三角、四角和五角等多种形状，个小、刺硬、味甜。既然说到了味美味甜，那就意味着菱角的吃法有讲究，的确，家菱适宜生吃，野菱最好做菜。野菱烧肉，实在是比板栗还好，买来五花肉，切成小丁，放菱角米用微火红焖，半个小时起锅，这菱角米的尖仍是脆嫩的，而里面则是粉嘟嘟的，且有一种清甜的气息在其中，外有肉汁相裹，吃起来似乎有一丝湖水的清香。菱角米也是可以炖汤的，若炖排骨汤，此汤清甜，而且喝起来不腻，水生的植物，都有这样一种特性，它们都是非油脂性的，即便是拿来油炸，油也渗透不进，因此用五花肉红焖的菱角米，颜色会油光放亮，让人看了定会垂涎三尺。

菱角是像芝麻一样从下节节往上长的，底下的已经老了，中间的还嫩，上面的尚小，顶上的正开花。故而采菱也是一门技术活儿，不过水乡的孩子个个都是采菱的高手。采摘需要借助一种特制的木桶，这种木桶高不到两尺，长不足一米，里面放上一只小矮凳，以河蚌壳或者木棒槌作桨，甚是便利，有时十几只菱桶在水面上一字儿摆开，有条不紊地来回采摘，真有一种说不出的甜蜜和快慰。池塘里满是碧绿的菱，或挨挨挤挤，或稀稀疏疏，一大片一大片的，构成了夏秋季节水乡特有的旖旎风光。采菱的时候，如果伙伴中有几个姑娘的话，那气氛更会活跃得多，她们中间胆大的甚至会放开清亮的歌喉，唱上甜甜的一曲："姐姐家在菱塘旁，满塘菱角放清香，菱角本是姐家种，任哥摘来任哥尝。"如果哥哥能够尝到这脆生生、甜丝丝的菱角，想必还有不少纯净而美丽的爱情故事吧！

在脍炙人口的小调声中，懵懂无知的童年转瞬即逝，与我曾经对歌的姑娘现在不知远嫁到了何方，我更无法想起她的俊俏模样，夜深人静，只能用自己的文字这样描述："穿着时新的村姑，从红肚兜上偷偷地绞下那角碎布，然后小心地浣入水中，看乳燕斜飞，看那角红布是怎样变幻成细细小小的菱花，一朵紧接一朵为我次第盛开。"其实，次第盛开的只是心里虚幻的景象，只是脑中美好的回忆，那细细小小的菱花，就像《受戒》里小英子和明海那样，是根本无法结成果实的。青菱角和红菱角于我而言，也只能出现在诗词歌赋和民歌小调中，让我时刻咂舌品味，让我终身齿颊留香："丛丛菱叶随波起，朵朵菱花背日开""菱儿个个相依生，秋水有情终觉冷"……

红 山 芋

　　双休日照例要去农贸市场买菜，见一摊主的面前摆放有"山芋爪"，二话没说便买回一把。"山芋爪"特指山芋的茎秆部分，你别看它青嫩细长的样子，如果切成小段，加上青辣椒丝或红辣椒丝，就着姜蒜一起爆炒，那绝对称得上一道爽口的时鲜蔬菜。在现代人看来，这也许有点小资的情调，因为在我追忆往事的过程中，这种吃法在乡下似乎并没有见过，那时我们关注得最多也最不愿吃的，就是几乎餐餐都有的山芋了。

　　山芋在我的老家，又称红芋，当然这是口语的说法，书面语则称其为红薯。所谓红芋，它的由来肯定与外在的颜色有关，它的味道肯定与同类的白芋有别。白芋的外表呈灰白色，块长且大，有的可以长到一公斤以上，生吃的味道一般，煮熟了则很有嚼劲，有时还比较噎人，不过足以填饱充饥；而红芋的外表呈紫红色，生吃的时候，把它薄薄的红皮轻轻剥去，里边的肉显出淡淡的鹅黄，猛咬一口，脆嘣嘣的，甜津津的，堪与苹果和秋梨相媲美。不过这也是以现在的感受来进行比较的，在长江中下游的圩区，别说苹果与梨子的栽植了，即使是红芋，栽种的面积也不会很大，因为这里的主产是稻米与棉花，山芋只能作为杂粮，散乱地分布在自家的菜园地里。

　　炎炎的夏日，正是山芋灌浆生长的最佳时节，我们这群放假在家的孩子聚在一起百无聊赖，辘辘的饥肠开始在腹腔内急剧地蠕动，驱使着大家不得不外出寻找食物。菜园地里葳蕤的芋叶，预示着那拳头大小的山芋，终于可以填充那无限扩张的胃了。于是小伙伴们开始合理分工，有回家拿铁铲的，有在地头站岗的，有具体实施深挖的……乡下的孩子谁都知道种地的艰辛，因此大多不会贪心，轮到一人一个就马上走人。对于这种偷偷挖来的山芋，我们很少生吃，因为这样就少了另外一种乐趣。

拿着到手的"战利品"，我们得迅速撤离"第一战场"，然后撒开脚丫，沿着沟渠一路奔袭，直至远离村庄的坝埂上再"开疆辟土"。那把铁铲依旧还在，现在再次有了用武之地，先在坝埂上挖出一个比较适中的洞口，洞底铺上一层厚厚的落叶，其上架好拣来的枯枝或朽木，引火的稻草是"双抢"时留下的，随便拨拉几下就是一大抱。火柴则是从自家的灶台间偷来的，点上火再将山芋小心地放进去，看到火势渐旺之后，就用四周的散土将洞口封住，剩下的事情就只有等待了。为了打发时间，小伙伴们又别出心裁，纷纷跳入河中摸鱼捉虾，这样夜晚的餐桌上又将增加一道河鲜。两个小时不知不觉过去了，浑身赤条条地爬上岸，大家争先恐后地朝着火洞跑去，那滚烫的山芋，外形黑乎乎的，有些地方甚至形成了黑炭，然而轻轻掰开，那个热乎那个香啊，真的没法形容！

类似的烤山芋，尽管在自家的灶台里，乃至后来在街上的烤炉里，也能美美地享受一番，但这毕竟少了很多的生活情趣，少了现在回味起来依然忍俊不禁的趣闻轶事，因而难以留下深刻的印象。然而记忆是座神奇的宝库，有些东西，有些事情，只要经历了，一辈子都会挥之不去。谁也无法记清自己第一次吃的山芋是什么品种，但我可以肯定，一年里最早吃到的则是"老红头"。如果不加以解释，也许根本没人知道这"老红头"到底是什么？其实"老红头"就是山芋种，并且是剪过藤子后的山芋种。临近春末，那些埋在地窖中过了冬的山芋种被起了出来，植在一块肥沃的田地上，半个月以后，长长的藤蔓就会爬满地面。芋种一般都比较大，不仅自身能储备营养，还能吸收田地的养分，所以长出来的芋藤又长又粗。待芋种本身的营养消耗殆尽，就到了剪藤插垄的时候。剪过藤子的芋种，一般人家是剁碎喂猪的，可家境贫寒的我们却得将其作为主食。没有任何营养的山芋种，就像是一团粗纤维，筋筋绊绊的，啃不动，嚼不烂，咽不下，可在祖母的口中，这"老红头"还有一个爱称——"山芋娘"，她在那青黄不接的季节，雷打不动地用"山芋娘"当作早饭，加盐水煮，或掺上一点点剩饭和锅巴。每每看到我们那无奈、无助、无语的神情，祖母总是厉声呵斥："没有了这些'山芋娘'，你们一个个都得成为饿死鬼！"在祖母的威逼利诱之下，我们最后只得闭上眼睛，"咻溜哧溜"地喝上一大海碗，然后胃里开始"翻江倒海"起来，打嗝声与埋怨声随之此起彼伏……

其实记忆何止是宝库，还如同一坛美酒，绵远醇厚，回味无穷。这酒能美到把人轻易灌醉，这酒就是由那些苦涩的山芋干酿成——真感谢那些苦难的岁月，它让我更珍惜现在的时光，更珍惜现在的人生，更珍惜这世间的一切！

红 萝 卜

老家距我蜗居的小城并不是很远，母亲每次进城来待上一天两天，篮子里总少不了一些新鲜的时蔬，其中冬天里多为白菜、莴笋、萝卜之类。尽管我们多次提醒她不用再带那么多了，母亲却依然我行我素，嘴里甚至还念念有词："冬吃萝卜夏吃姜，不劳医生开处方。"言下之意，这些分量不轻的萝卜，对我们的身体可有好处呢！

萝卜的营养价值自不言说，而我对于萝卜的情感，最早还是源于母亲教唱的那首儿歌："拔萝卜，拔萝卜，嘿哟嘿哟拔不动，老婆婆，快快来，快来帮我拔萝卜……"另外还有母亲经常挂在嘴边的那些歇后语，例如"打过春的萝卜——心里空""六月天里吃萝卜——图新鲜""十月的萝卜——动（冻）了心""空心萝卜绣花袍——中看不中用"等。因此可以这样说，从我记事时起，这小小的萝卜就在我享有口福的同时，赋予了形而上的文化符号，让我产生了一种难以舍弃的亲近之情。

老家处在皖河冲积平原之上，那里沟渠纵横，土壤肥沃，种植的萝卜主要分红、白两种，另外也有少数人家会种点胡萝卜。对于我而言，这三种萝卜都是百吃不厌，其中尤为钟情的则是那体型比山芋还要稍大一点的红萝卜。当然，这是已经完全成熟的样子，而在它生长的早期，母亲则称其为"萝卜枣"，现在想想，不仅形似而且神似，更为重要的是，它是端午"五红"的主要食材之一，据说还有驱灾祛邪的功效，因此家家户户于春末夏初，都会在自家的菜地里撒下一些红萝卜的种子。

在故乡，端午有品"五红"的习俗。记忆中的"五红"，无非是红烧鲫鱼、水煮河虾、红心鸭蛋、糖炝番茄、清炒苋菜这五种。可是由于家境贫寒的缘故，能够同时品尝到这"五红"的机会微乎其微，如果少了一样，这红红的"萝卜枣"自然就可登上大雅之堂了。母亲做这道菜，基本谈不上有什么厨艺，她先从地里把萝卜拔回家，切去绿茵茵的嫩叶，再将萝卜头洗削干净，一股脑儿放置案板之上，用菜刀扁拍，圆溜溜的萝卜头于是碎裂开来，最后悉数装入盘中，添上少许酱油之类的佐料，便可食用了。那萝卜头皮儿透红，肉儿嫩白，尝一口，脆中带甜，甜中流汁，食后颇为开胃。只可惜那时没有青花白底的瓷盘，也没有浓香扑鼻的麻油，否则真可谓既赏心悦目，又甜脆爽口了。

那被切下的萝卜缨子，在五月时尽管非常苦涩，但是母亲却能"妙手回春"。她把那些绿茵茵的嫩叶洗干沥净，然后用菜刀将其切得细细碎碎的，拌入适量的食盐，放入木盆里腌制两个小时，之后用劲挤去其所含的汁水，便可装入陶罐中或者泥坛里，上面预留一部分空隙，再用鹅卵石将其压紧，这样三五天之后便可随吃随掏了。腌制的萝卜缨子适宜爆炒，条件允许时可以加上少量的生姜和蒜子，出锅时别有一番风味。如果用它佐以早餐的稀饭，包你一口气"味溜味溜"地吃上两三碗，一个劲地直呼过瘾。

霜降前后，无论是红萝卜还是白萝卜，基本上已经成熟了。那白萝卜圆滚滚的，汁水特别多，营养十分丰富，除生食外，还可用来红烧、煲汤等，同时具有一定的药用价值，有消积、祛痰、利尿、止泻等效用，因此深受人们喜爱。而红萝卜的形状迥乎不同，一般呈细长的圆锥体，且重量要比白萝卜高出两三倍，同时其所含的粗纤维比重较大，在市场上的价格要稍逊一筹，村里人多数将其干腌、盐渍或者制作泡菜。要知道，这在那饥肠辘辘的年代，尤其是在青黄不接的时候，可是难得的美味佳肴啊！

其实，发出这样感叹的并不仅仅只有我一人，现代作家汪曾祺对此就有文字记载："我们家乡有一种穿心红萝卜，粗如黄酒盏，长可三四寸，外皮深紫红色，里面的肉有放射形的紫红纹，紫白相间，若是横切开来，正如中药里的槟榔片（卖时都是直切），当中一线贯通，色极深，故名穿心红。"看来老先生对这红萝卜也是情有独钟呀！

更有那获得诺贝尔文学奖的著名作家莫言，想必他对红萝卜更是一往情深。20世纪80年代，他采用象征主义手法，将那"红萝卜"冠以"透明"

的修辞语，从而凭借一部中篇小说炸响文坛。在他的那部成名作里，黑孩看到了一幅奇特美丽的图画：光滑的铁砧子，泛着青幽幽的光，铁砧子上有一个金色的红萝卜，其形状和大小都像一个梨，还拖着一条长长的尾巴，尾巴上的根根须须像金色的羊毛。而事实上，这晶莹透明、玲珑剔透的"红萝卜"，就是莫言所看到的希望，所期盼的曙光，他是要通过这个载体，通过小说人物黑孩，来诉说他少年时代无人理睬却又耽于幻想的那一段时光。

　　无论是形而下的普通食材，还是形而上的文化符号，红萝卜，我多么希望你是故乡那跳动的"心脏"，让我今后不论身在何处，都能牢记你朴素的形象，都能享受你输送的营养……

红 高 粱

　　盛夏时节，车过"燕赵大地"，但见一望无垠的田野里，全是郁郁葱葱一片，仿佛葳蕤碧绿的青纱帐，将这片神奇的土地氤氲成巨大的粮仓。同行的旅伴好奇地问道："这些应该都是玉米吧?"显然，他不是土生土长的乡村子嗣，因为透过疾驰而过的车窗，完全可以通过观察谷穗和叶片的形状，清晰地辨识清楚：孰为玉米，何为高粱?

　　其实高粱和玉米都是一年生的禾本科草本植物，单单从苗情上来辨别，还真是一件不容易的事情。尤其在那炎热的夏季，它们绿叶翻卷，左右摇曳，如同铺青叠翠的碧海，将整个田野披上了葱郁的盛装。不过远望有远望的景致，近观有近观的妙处——至少可以发现，玉米的棒子全从秸秆的两侧而出，高粱的谷穗多从秸秆的顶端而生；同时，玉米的叶片肥而宽，高粱的叶片窄而长。旅伴可能是很少接触到这些乡村精灵的缘故吧，这才产生上面所说的谬误。

　　眼前所见的多为高粱，明显的标志就是这些植物的顶端，已经绽出了灌浆的谷穗，尽管它们还没有涨红了脸，还没有垂下了头。高粱在古书上另有"蜀黍""木稷""荻粱""乌禾""芦檫"等诸多称谓，顾名思义，这些大多是以形态特征来称呼的。每年的秋季，是高粱成熟的季节，同时也是高粱收获的日子，所以农谚有云："立秋三日遍地红。"言下之意，指的是高粱在此刻已经进入了收割的黄金时期。

　　戴上麦秸的草帽，背上刈割的砍刀，在秋天，少年时期的我，特别喜欢跟随乡亲们到田野里，要么挥汗如雨，要么嬉戏玩耍。下地之前，常常不忘爬上村头的那个高岗，对生我养我的这片土地做深情地凝望：头上蓝天白云，地上万物成熟，更有那撼人心扉的高粱红，在朝阳的照耀下，红得那么自然，红得那么热烈，红得那么绚丽，红得那么执着，如果再配上那金色的豆荚、黄色的稻谷、绿色的田野、黑色的鸟雀，那真是流光溢彩，精美绝伦，好一幅美丽多姿的乡村图画，好一个深邃悠远的优美意境！

唯美的景致总被推崇备至，个体的意象总被放大延伸，红高粱在艺术作品中就被赋予了魔幻的色彩。多年前观看电影《红高粱》，那给人的视觉感官绝对是莫大的冲击，莫名的震撼——是啊，不论是莫言还是张艺谋，不论是巩俐还是姜文，他们或用语言，或用演艺，或用镜头，将那片红高粱状写与表现得是多么具有生命的活力！那仿佛不是高粱地，而是绿色的海，红色的海；不是庄稼，而是生命的水，情感的洋，它既可以孕育生命和诞生生命，也可以冲决一切和荡涤一切。还有赵本山的小品《红高粱模特队》，说到底也是以"红高粱"这一意象作为载体，然后展开关于美的争论，即古朴的传统的母体美与时尚的新潮的子体美的辩驳，其结果虽忍俊不禁，但发人深思。

被生活艺术化和高度抽象化的红高粱，之所以能够引起人们的共鸣，得到大家的首肯，这是因为在红高粱的身上，我们就可以真真切切地发现农民朋友的"血汗"到底是什么样的形状。不信，请伸出你的双手，将成熟的高粱穗子使劲地揉搓，那血滴一样让人心颤的滚圆籽粒，难道不是"血汗"二字原创的根本所在?！事实上，在高粱的身上还集中反映了我国劳动人民的传统美德，那落地生根的秉性，那吃苦耐劳的韧劲，那一怒冲天的血性，那宁折不弯的傲骨，那栉风沐雨的气节，实在不得不叫人顶礼膜拜，敬仰万分。有诗这样赞道："脉管里流动的血液/穿越了我们饥渴的目光/沙沙作响的身姿/让梦想伴风飞翔/一粒粒朴素的真理/在田野上传唱……"

当然，传唱的不仅仅只有隽永悠长的高粱诗，还有那芳香四溢的高粱酒："喝了咱的酒，一人敢走青刹口；喝了咱的酒，见了皇帝不磕头；一四七，三六九，九九归一跟我走，好酒! 好酒!! 好酒!!!"

红　辣　椒

　　也许是年少时经常挨饿的缘故，只要是能咽能吃的食物，我现在基本上不怎么忌口，这其中自然包括能使人舌头呼哧与额头冒汗的辣椒，并且似乎对辣更为钟情，一餐不尝那么两小口，就觉得食之无味，仿佛自己也是出生在川湘大地的游子一样。

　　而事实上，我是江南秀山丽水养育的子嗣。江南土壤肥沃，气候润爽，适宜多数作物的种植与生长，辣椒就是其中之一；不过在乡村，每家每户的菜园地都不是很多，所种的辣椒一般为两到三畦，仅仅将其作为一种烹饪的作料而已。当时所种的辣椒全是本地的传统品种，圆嘟嘟的，皮厚厚的，形似悬挂着的灯笼，所以俗称"灯笼椒"。灯笼椒算不上很辣，在端午节前后就可以采摘食用，不过此时的颜色为青翠翠的，它们一个挨着一个躲藏在茂密的叶片下面，与村里那些顽皮又有点泼辣的小妹们颇为神似。采摘下来的辣椒用河水清洗两遍，就可以下厨或炒或焖了，"虎皮青椒""蛋炒青椒""青椒肉丝"等，那可是令人垂涎欲滴的美味佳肴；如果恰巧钓了几条河鱼，用青椒红焖，这简直就是菜中极品了，仅那鲜美微辣的鱼汤就可以口齿生津，回味无穷。

　　不过我特别喜欢的是红辣椒，其因大概有二：首先是它的外形如同火苗，本身就给人以动感，与任何一种菜肴搭配都能赏心悦目；其次是它的味道更为纯正，仿佛闪电能在一瞬间劈开你味觉里迟钝的部分，甚至可以惊醒你身体里每一个沉睡的细胞。当然，红辣椒只有经历了春天雨露的滋润与夏天阳光的焙烤之后，才可以向金秋露出羞赧的脸颊。每年的这个时节，我总是跟在母亲的后面，到菜地里去采摘红辣椒，那由青转红的犹如羞答答的少女，那红得发亮的如同娉婷玉立的姑娘，那红中泛黑的则是风韵犹存的少妇，将她们一个个轻轻地采摘下来，我实在有点于心不忍。母亲在一旁舒心地笑着说："等到秋霜打过之后，这些红辣椒就成'老太婆'了，那价值就不大啰！"

采摘回来的红辣椒主要有两个用途，也就是腌制和磨酱。腌制的坛子是个特制的陶罐，母亲将其里里外外清洗干净之后，就把一些色泽鲜红、肉质饱满的辣椒装入其中，一层一层地叠好，并且在每层的上面撒把细盐，同时放入一定数量的蒜子和生姜，说这样可以入味，然后再在红辣椒的上面压上几块大小不一的鹅卵石，做完这一切算是大功告成，最后一道工序就是封坛储存。要不了一个星期，腌制好的红辣椒就可以开坛生食，那辣辣的、脆脆的并且带有一点甜味的红辣椒，不仅能使人胃口大开，而且具有驱寒止咳的功效呢！所以母亲为我们诊治感冒的偏方就是：多吃几个红辣椒。

品相不好和尚未熟透的红辣椒，一般被用来磨酱。磨酱的石磨并不是每家都有，所以磨酱的时间相对比较集中，一般是在晚饭过后。当年因为我家置有一台，所以每当油灯点亮，吱吱呀呀的推磨声就会有节奏地响起，其间虽然弥漫着辣椒呛人的味道，可是我从来没有埋怨过——我喜欢看那养眼的辣椒在油灯下折射出的红光，我喜欢看那成泥的辣酱顺着磨缝一点一滴地滑入下面的盆中。磨好的辣酱需要发酵几天才可以食用，用它焖黄豆或者炖豆腐，那是天然的美味，同时食用的时间一直可以延续到第二年的秋天。

其实辣有好多种，譬如麻辣、香辣、酸辣、糊辣等，但是这些辣都是辣椒粉与其他作料混合而成的。合成的辣虽然失去了辣的本真，可是丰富了辣的内涵，记得一篇文章曾经这样形容："麻辣是雄健放达，香辣是聪明伶俐，酸辣是温良淳厚，糊辣是大智若愚，酱辣是满腹诗书……"不管是哪一种，反正我是为之心动，为之痴迷。因为在我的眼里，红辣椒就是温暖的牵挂，会敦促我不断地进取！红辣椒就是故乡的明灯，会照亮我远行的脚步！

红苋菜

在物质生活得到改善和身体健康备受推崇的今天，谈起秀色可餐的美味佳肴，无人不眉飞色舞地津津乐道。可是生态学告诉我们，生态系统中每一物种都是相互依赖、彼此制约、协同进化的，言下之意，美味中的食材很难找到才子佳人般的绝配，大多数能够互为知音，相得益彰，还有些甚至是针尖麦芒，水火不容的，譬如：螃蟹忌柿子，同食容易产生腹泻；海带忌猪血，同吃可能发生便秘；洋葱忌蜂蜜，同啖也许伤害眼睛……那么你知道甲鱼忌什么吗？说出来令人诧异，这个大补之物竟然最忌娇嫩嫣红的苋菜！

甲鱼与苋菜是否真的不可同食？现代医学和营养学都给出了这样的答案：苋菜含有大量的去甲基肾上腺素、多量的钾盐和一定量的二羟乙胺，其中二羟乙胺与甲鱼肉天生就是相克的——因为二羟乙胺具有促使血小板聚集的作用，甲鱼肉质滋腻，如果与二羟乙胺相遇，容易导致胃部损伤，出现消化不良现象。言之凿凿的诊断结论，容不得人们观望与怀疑，如果下次有机会可以大快朵颐，不难想象，大家筷子所夹的尽是那爽滑可口的甲鱼肉了，谁还会在乎那普通素补的红苋菜呢？

关于苋菜的素补，这不得不讲到我们乡下一种沿袭多年的说法。家乡人口耳相传："吃什么，补什么。"品鱼头补脑，吃猪腰补肾，啃骨头补钙，苋菜鲜红如血，那该是补血吧？可是翻遍所有的典籍资料，并没有找到这种说法科学的理论依据，不过其清热解毒、利尿除湿、通利大便的功效，却早已形成共识，并被灵活地运用在名目繁多的各种食疗上；同时，苋菜中富含蛋白质、脂肪、糖类及多种维生素和矿物质，其所含的蛋白质比牛奶更能充分被人体吸收，因此享有"长寿菜"的美誉，是不可多得的保健食品。

家乡人就是奇怪，除了说苋菜可以补血之外，还冠以其另外一个名称："汗菜"，虚心地向村中几位德高望重的长辈讨教，得到的解释不仅有点牵强附会，而且使人忍俊不禁：那苋菜是用洗澡水浇的，洗澡水里多汗，而苋菜嗜汗，故称"汗菜"。不过有一点可以确认，苋菜属弱碱性植物，它不论土地怎么贫瘠，天气怎么干燥，只要将那细小的黑色种子均匀地撒下，悉心地浇上两遍水，覆上一层草木灰，便可以倔强而茂密地生长。从这个角度来讲，苋菜的弱碱性与汗水的咸涩性，多少还是可以进行类比的。

另外还有一种称谓，苋菜被叫作"汉菜"，这个版本与刘邦有着一定的关系，说是楚汉逐鹿中原期间，刘家大军患痢疾者不计其数，战斗力顿无，就在全军即将覆没和确实无药可医的情况下，一名老伙夫采来一大箩筐苋菜，煮成沸汤让军士们服下，结果疾病很快全消，军士们精神抖擞，拥着刘邦杀出一条血路，突围而去。后来刘邦对着苋菜心存感激地说："赤苋，乃兴我汉家天下之菜也！"自此，人们便称苋菜为"汉菜"。

无论是乡间俚语"汗菜"也好，还是美其名曰"汉菜"也罢，苋菜在每年的四五月间开始上市，它与蚕豆、茭白一起并称为"江南三鲜"。可是在烹调苋菜时，还是颇有讲究的：首先要记住"苋菜不要油，全靠三把揉"这句俗语，这与前面所说的弱碱性有关，如果不揉洗到位，那种淡淡的苦涩一定会影响你挑剔的口感；其次要懂得"礼多人不怪，油多菜不坏"这个道理，苋菜是大素之物，它最服帖的就是烧熟的菜籽油，若是加点猪油则更加美味，如果淋点麻油也别风情；再次要知晓"佐料不宜多，蒜瓣是绝配"这条法则，油烧至七八成热，将蒜瓣在锅中煸出香味，随即倒入揉洗干净的苋菜，大火爆炒，很快就有鲜丽的汁水渗透出来，这时立马装盘，那绿叶与红汁交相辉映，那菜香与蒜香彼此交融，绝对可以让你的胃口大开。孩提时，我喜欢将那苋菜的红汁倒入少量在碗中，染得白米饭如同红胭脂那般明艳，看着就赏心悦目，尝着就有滋有味。

苋菜的生长期很短，生长速度较快，到不了农历六月就粗壮如小树一般，其叶其茎其秆都不能食用了，所以民间又有俗语云："六月汗（菜），猪不吃，狗不看"，因此在每年的端午前后饱饱苋菜的口福，真是不错的选择，否则宋朝那个著名的诗人陆游，为什么会说"菹有秋菰白，羹惟野苋红。何人万钱筋，一笑对西风"呢？

第三辑　红之物

红双喜

在中国浩渺的传统文化里，祥瑞之词历来都是人们津津乐道与推崇备至的，仅以单个的"喜"字而言，组成的成语就有喜出望外、喜结良缘、喜从天降、喜上眉梢等。两个"喜"字组合在一起，那自然是双喜临门、喜上加喜了，这也难怪自行车、乒乓球、压力锅等，为什么会被商家冠以"红双喜"品牌的主要原因吧？不过，象形兼表义的"囍"字，更多地出现在婚嫁之时，并且形成了特定的文化符号，让一切有缘的青年男女为之怦然心动，让所有操劳的父母双亲为之笑逐颜开。

一方水土养育一方人，一方水土也会滋养一些习俗。在皖西南地区的农村，"囍"字的张贴和应用还是颇有讲究的。一般来说，在大门和窗棂上张贴有大红"囍"字的，明眼人一瞅，就肯定知道这是娶亲的男方家；更具标志的是，旧时的农村，男方家在迎接新娘时，都会在自家堂轩照壁的正中间，张贴一幅超大的双喜图，四周再布置喜庆的暖色加以烘托，双喜图下方的八仙桌上，约定俗成地安插有两根熊熊燃烧的大红蜡烛，寓意繁衍生息，香火不断。待到吉日良辰已到，心情爽朗朗的新郎，就会用绸带牵引心窝暖洋洋的新娘，来到大红"囍"字的前方，在年尊辈长主婚人的祝福声中，在鞭炮锣鼓震天响的大合唱中，一拜天地，日月星辰放光芒，山川河流齐欢畅；二拜高堂，叫声爸妈好爹娘，感恩育儿成栋梁；夫妻对拜，你我对拜情意长，胜过七仙女和董郎……随着时代的变迁，社会的进步，尽管民间这种古典的"三拜"形式，现在已经被更时尚更经典的各种仪式所同化，但是张贴大红

"囍"字的习俗，依然在沿袭，在传承，它俨然已经成为百年好合的缔结者，秦晋之好的见证者，与子携手的并肩者，能将人们内心祈求恩爱美满的由衷意愿表达得淋漓尽致。

而女方家，除了入赘倒插门的女婿，几乎很少在显眼的位置张贴这令人惊艳的双喜图。不过在陪嫁的嫁妆上，绝不可少了那大大小小的红双喜，不信你看，那大红的被面、粉红的枕头、紫红的盆桶、水红的毛巾等之上，哪一样不见"囍"字笑口常开的幸福表情？即使那被胭脂染红的鸡蛋、花生、桂圆，连同枣子盛装在红笸箩里，至少也有一个精致别样的"囍"字与之相依相偎，并真诚地送上祝福：早生贵子！

要知道，女儿出嫁，母亲最是牵肠挂肚与依依不舍的，这些大红的"囍"字，都是母亲手把手地教着女儿，用红纸一个一个精心剪出来的。其实剪"囍"字并不复杂，所用的工具仅仅只需红纸、剪刀、铅笔而已。首先将裁成正方形的红纸从中间对折，之后再对折一次，对折之后所看到的面积是原来整张纸的四分之一；拿铅笔在对折之后的纸上画长方形，总共画七个，五个在右侧，两个在左侧；再拿剪刀将画好长方形纸的多余部分轻轻剪掉，然后展开一半就是一个"喜"字，全部展开则是完整的双喜，也就是我们通常所见的"囍"字了。别看这种剪法比较简单，可是在这"咔咔"的剪声中，蕴含着多少母亲对女儿的殷殷关爱、叮咛嘱咐与舐犊情深呀！

结婚的仪式自然是高潮部分，款待的宴席也是精彩的华章。"囍"字在酒桌上依然要派上用场，譬如上头道菜，多为整条的鲤鱼，各位亲朋好友注意了，这盘鱼的摆放非常有讲究，必须放在首席的最上方，寄语"富足有余"；也有的地方将头道菜换为一只整鸡，以讨"吉祥如意"的口彩。但是这条鱼和这只鸡绝对是不可以动筷子的，因为盘中放上了大红的"囍"字，这就意味着喜宴上的菜肴即使被一扫而光（这种情况在缺衣少食的年代屡见不鲜），你也只能望着这鱼这鸡咽咽口水，悻悻地离去。

最后还是回到文化的层面来看"囍"字，这种并置、均齐、反复、对称的字形构造，从表面来看比较简单，实质上却简练生动，协调统一，同时还风神独绝，寓意深刻，很好地体现了儒家的中庸思想：一桩美满的婚姻，要靠两人的用心去体验，去经营；一个幸福的家庭，要靠彼此的喜悦来支撑，来维护……

红 鞭 炮

　　岁月总是这样不慌不忙地挪动着脚步，当除夕的鞭炮在乡村再一次炸响的时候，我们知道，人生的画卷被一双无形的大手，又轻轻地翻过去了一页——甭管这页画卷是写满了懊悔还是喜悦，是寓意着成功还是失败，你都要清醒地认识到，这瞬间的爆燃，是在放出希望，是在放飞梦想，是红红的鞭炮在以其独特的方式诠释着人们心灵的交响。

　　何谓"独特的方式"？这是因为无论逢年过节、迎新嫁娶，还是开业典礼、祝寿乔迁等，只要为了烘托喜庆的氛围，四乡八邻的人们都喜欢通过燃放鞭炮的方式来隆重庆祝。而事实上，燃放鞭炮的习俗首先是与"年"有关，《神异经》曾有记载："西方山中有焉，长尺余，一足，性不畏人。犯之令人寒热，名曰年惊惮，后人遂象其形，以火药为之。"这是鞭炮起源最早的记载，说明当初人们燃竹而爆，是为了驱逐危害人们的山魈。据传山魈最怕火光和响声，于是每到除夕，人们便"燃竹而爆"，把山魈吓跑。这样年复一年，便形成了过年放鞭炮、点红烛、敲锣打鼓欢庆新春的年俗。

　　其实在我懵懂的童年与快乐的少年，所谓的"鞭"与"炮"，尽管性质一样，用途相同，却略有差别："鞭"指的是挂鞭，有 1000 响、500 响、200响、100 响之分；而"炮"指的则是"炮仗"，一般专指"二踢脚""闷地雷"之类。这些鞭炮多由乡村的手工作坊制作而成，安全系数并不是很高，可男孩子们全然不顾其危险性，甚至把拥有两三挂鞭炮当作炫耀的资本；女孩子们尽管有点胆小，却也不甘示弱，会从父母或者哥哥那里讨要一两挂，三五成群地围在一起，将鞭炮挂在比较安全的地方，左手捂着耳朵，右手颤颤巍巍地伸出点燃的土香，待到引线"嗞嗞"地窜出火花，就转身快速地跑开，伴随着"噼里啪啦"的鞭炮声，那银铃般的笑声与欢呼声，在小院里久久地荡漾。

一般来说，整挂的鞭炮只有在除夕酬年、开门迎春、出行拜年时才会燃放，那酣畅淋漓的痛快劲，那震耳欲聋的爆炸声，对于我们永远都是一种奢望，因为在我们的手里，能拿上200响鞭炮的机会微乎其微，不过这并不影响大家乐此不疲的雅兴。那时候放鞭炮，我们会将挂鞭顶端的引线小心翼翼地拆开，然后逐个逐个地将其塞进同样装有糖果、花生、瓜子的口袋里，需要燃放时，就像模像样地先点燃一支土香，煞有其事地在口袋里摸出一个，飞速地往上一粘，稍做停留之后再猛地抛向空中，有顽皮者则趁人不备，偷偷地将其丢在过路人的脚下，将当事人吓得猛然一惊，不过乡人都非常地友善，此举一般不会招来责骂声，顶多会用眼神告诉他：这样做太危险，下次可不许这么调皮捣蛋！

炮仗的火药较多，威力极大，多数情况下，父母不允许我们拿在手中直接燃放，尤其是那种叫作"二踢脚"的，如果稍不留意，能将人的手炸得血肉模糊。好奇心肯定会唤起男孩子们的好胜心，谁也不肯服输的我们，常常用拇指和食指的指尖，轻轻地捏住"二踢脚"的腰身，毫不犹豫地将引信点燃，再果断地将左手笔直地伸出，紧接着会有一股麻麻的痛感从指尖瞬即传来，伴随着"咚——啪——"两声脆响，那直冲云霄的"二踢脚"爆炸开来，细碎的红纸屑纷纷飞扬，如同天女散花，煞是好看。由于这些炮仗基本上是由手工制作的，部分质量很不过关，有些引线"嗞嗞"闪过之后，却在一段时间内不见动静，有心急者于是将伸出的左手慢慢地收回来，而就在这关键时刻，那原本以为的"哑炮"却在瞬间炸响，为此受伤的小伙伴每年绝对不在少数。

吃了几次大亏之后，大家再也不敢造次了，但对"哑鞭"与"哑炮"依然是情有独钟，只要听到谁家门口的鞭炮响起，便鸟雀般欢叫着奔跑过去，捡拾地上那尚未燃爆的零碎鞭炮，那股兴奋劲就像捡到了宝贝似的。那些有引信的，于我而言，会留着慢慢享用；那些无引信的，就把它们一层一层地剥开，将其中的火药倒在一张锡纸之上，并且洒成"心"的模样，等到天色完全黑透的时候，就邀请小伙伴们前来"观摩"，豆大的火光凑上去，耀眼的火花闪起来，霎时，小伙伴们的脸上洋溢着惊喜；我呢，手指尖上满是黄色的硝烟印子，过年的新衣上似乎也沾上了浓烈的火药味。

——这味道其实是故乡的味道，更是家的味道；是思念的味道，更是情的味道。我希望在正月里多点燃几挂鞭炮，让每一声爆响都绽放幸福的回忆，让每一声爆响都记住生活的美好，让每一声爆响都预祝来年的吉祥……

红 肚 兜

　　梅雨时节，江南的空气里弥漫着潮湿的气息，偶尔碰到丽日高空，母亲
便会翻箱倒柜，将那些压在箱底的衣服拿出来晾晒。已经发黄的棉袄，开始
起毛的线衣，打了补丁的裤子等，一件件挂在院子里，形成了一道独特的风
景；不过在我看来，最吸人眼球的还是那件褪了颜色且呈菱形的红肚兜，它
在微风中轻轻摆动，有如一面沐浴着风雨的旗帜，既昭示着家庭其情融融的
温暖，也诱发我不时地回想起幸福童年的美好时光。

　　在乡村，红肚兜并不只是女孩子的专利，因为几乎所有的男孩子在出生
之后，都会被祖母或母亲系上一件经过手缝的红肚兜，有的还会在腰间束上
一根红丝带，其意非常明显——民俗认为这样可以辟邪，因此不管你乐意与
否，这件红肚兜至少会从襁褓之中一直伴随你度过整个童年。懵懂无知的年
龄，对穿衣戴帽之类并没有什么过分的讲究，反正只要暖和舒适就行；可是
步入小学的课堂之后，紧贴在胸口的那件红肚兜，无形之中给心理带来了一
定的压力，尤其是在烈日炎炎的夏季，男孩子们索性光着膀子，也不愿再穿
那暖肚遮羞的实用之物。祖母或母亲这时总会拉下脸来，一边假装着大声呵
斥，一边赶紧给你虔诚地系上，嘴里有时还念念有词："保佑我家宝贝一生
平安！"

　　至于红肚兜的实用，女孩子们的体会尤为深刻。以前在乡村，文胸之类
的用品可谓凤毛麟角，取而代之的自然就是这些大红、桃红、洋红、粉红的
各色肚兜。可是受到世俗观念的影响与封建思想的束缚，这些红肚兜根本见

不得世面，洗涤之后也绝不可以晾晒在外人可能经过的地方，否则就有失体统，甚至会被驮上"轻佻""淫邪""浅薄"等骂名。由于当时母亲只养育了我们弟兄三人，所以家中完全不必顾忌乡间的这些清规戒律，我们平时所穿的红肚兜，常常悬挂在庭院里十分显眼的位置，祖母坐在下面的椅子上小寐，一脸的惬意与祥和，我们也不时仰望着那些红肚兜，眼里满是疑惑与好奇。

的确，红肚兜作为一种特殊的生活用品，有着非同寻常的文化背景。这是我在成人之后，翻阅有关文献资料才有所了解的。资料显示，肚兜作为原始的内衣，可考的历史可以上溯到汉朝，当时名为"抱腹"或"心衣"。汉朝以降，其称谓有所变化，魏晋叫作"两当"，唐代称为"诃子"，宋代改名"抹胸"，元代谓之"合欢襟"，明朝昵称"主腰"，清朝则直呼为"肚兜"。内衣称谓的改变，实际上表明了古代社会对女人胸部、身段审美情趣的不断变化，同时也反映了女人自身对其衣着的喜好和装饰的品位。

不过仍然还有令我狐疑的，那就是陕北的男子为何至今依旧钟情红肚兜与花裤衩？记得多年前出差至西安，与我同住一室的就是位陕北汉子。临睡脱衣时，见到那位仁兄竟是如此夸张的打扮，禁不住哑然失笑。可是考虑到地域文化的不同与彼此性格的差异，我最终还是三缄其口，倒是粗犷豪爽的老兄一语道破天机：红肚兜与羊肚巾、皮坎肩、大裆裤、遍纳鞋一起，已经成了正宗的陕北男子的专利标志。随后再用心留意电影与舞台，果不其然，温婉诱人的红肚兜在绵亘起伏的黄土高原上，似乎成了一朵朵流动的祥云，预示着吉祥如意，代代相传；昭示着幸福美满，生生不息。

白驹过隙，世风轮转，现代的人们喜欢亲近自然，开始返璞归真，以前那在乡村见不得阳光的红肚兜，再也不用藏藏掖掖和遮遮掩掩了，红男绿女们可以大大方方地将其穿在身上，系于胸前，走出山沟，走进都市，甚至走出国门，让全世界的目光都来聚焦这缠绵悱恻的红肚兜，这摄魂钩魄的红肚兜……

红 盖 头

岁末年初，接连赶赴了几场喜宴，望新郎西装革履笑迎嘉宾，见新娘身披白纱妩媚动人，心中在默默祝福他们白头偕老的同时，蓦地生发出一种莫名的感喟来：现在的婚礼上，要是新娘身着小红袄，头顶红盖头，该是多么风情万种和别具神韵呀！

之所以生发这种莫名的感喟，是因为小时候不论在电影戏剧上还是现实生活中，经常能够见到这样唯美的场景：震耳的鞭炮响起来，喜庆的唢呐吹起来，大红的花轿抬起来，还有那神秘的盖头不知该被谁掀起来……遗憾的是，童年不知情为何物，少年不懂爱有几深，除了屁颠屁颠地跟在迎亲的队伍后面起哄之外，红盖头在我的记忆里似乎就是舞台上的一方魔巾，为才子佳人送去了恩爱缠绵；就是乡间的一抹祥云，为红男绿女送去了幸福美满。及至自己情窦初开，正式步入婚姻的殿堂，时代的车轮已经将传统的婚礼定格在怀想之上，取而代之的是婚车的浩荡，喜宴的排场，以及一对新人笑靥的灿烂。红盖头的古典之美与含蓄之美，只能让人在随后的日子里去浮想联翩，去心旌摇荡。

俗话说，"洞房花烛夜，金榜题名时"为人生两大极乐快事，而纵观少年时期所看的电影和戏剧，这两大美事往往是融合在一起的，特别是金榜题名之后，那骑着高头大马的状元郎，紧接着就会在吹吹打打中喜结连理，成为人人仰慕的驸马爷。其时，虽然嫉妒的心理占据了萌动的情怀，可我最感兴趣的却是那顶着红盖头莲步轻移的新娘子，那牵着大红花娇羞欲滴的美人儿，尤其是步入洞房之后，烛影幢幢，红光艳艳，新娘子端坐于床沿纹丝不动，静静地等候着如意郎君用秤杆来挑开那一方羞赧，而在这之前，她的心中只有美丽的想象和甜蜜的焦灼。即使就在此刻，她的眼也只能看见自己那双红色的绣花鞋，她的手会情不自禁地绞着乌黑的秀发，似乎想以此来缓解忐忑不安或者内心窃喜；不过她会竖起聪慧的双耳，感知着那兴奋的脚步由远及近，感知着那拿起的秤杆微微颤动。——这时的红盖头，让女人更加女人，既含蓄优雅又雍容端庄；这时的红盖头，让古典更加古典，既情致洋溢又意蕴深远！

可能是受到了这种氛围的熏染，懵懂的少年曾经做过无数的设想，希望自己就是那个金榜题名的状元郎，并以"书中自有黄金屋，书中自有颜如玉"作为动力，开始废寝忘食地攻读起来。当然，在高诵"子曰诗云"的同时，我也时刻不忘留意在乡间游走的迎亲队伍——尽管没有大红的花轿，没有悠扬的唢呐和排场的嫁妆，而那红盖头夹在迎亲的队伍中间依然十分地醒目。我知道那红盖头下面，有一张红晕幸福的脸，有一缕甜蜜可掬的笑；我也知道那红盖头下面，就是邻村在陌上采过桑叶的村姑，就是曾经和自己过过家家的表妹。有时候，我们也跟随顽皮的孩童一起，对着那移动的红盖头，肆无忌惮地高喊："新娘子新，坐床厅……"

乡间野调虽然粗俗卑劣了一些，可在当时物质奇缺和精神贫乏的时代，这也权且算作一种自娱自乐的方式，没有人斤斤计较与呵斥责怪的，及至后来听到王洛宾的名曲："掀起你的盖头来，让我来看看你的脸，你的脸儿红又圆呀，好像那苹果到秋天……"我这才惊喜地发现，洞房里的红盖头其实就是一朵大红的牡丹，静静地，只为自己的心上人美丽地绽放；我这才真正地懂得，在这块大红的色泽上面，温情地凝结着无数中国人传统的美学理想：喜庆、吉祥、幸福、安康……

红 头 绳

　　中国自古以来就是农业国度与礼仪之邦，这一根本属性决定了它的文化精神重视"天人合一"与"人人相合"，"礼乐"便是这个系统的体现。其中"礼"不仅包括肃穆的宗教仪式，而且涵盖传统的民俗文化，就连生儿育女都有整套的说法与禁忌——在旧时的皖西南广大农村，大多采用挂红的方式来表示人丁兴旺，如果谁家的大门上悬挂了一盏红灯笼，则意味着这户人家新添了一位男丁，因为当地的方言，"灯"谐音"丁"；如果生养的是闺女，主人会在门楣旁系上一根红头绳，以此希望她日后能成为一名纯洁、善良、聪慧的大姑娘。由此可见，红头绳飘舞着普通老百姓对性别角色的殷殷期待。

　　我的祖母虽也出生布衣家庭，可她并没有重男轻女的思想，从我母亲怀孕开始，就一直期盼着能抱个"小家碧玉"在怀中乐呵乐呵，并且节衣缩食地添置了不少红毛线，还心灵手巧地编织了几件红毛衣。可是直到母亲生下的第三胎依然是"带把的司令"之后，祖母这才不无调侃地说："看来这些红毛衣只得送人了，根本派不上用场哟！"而事实上，敝帚自珍的祖母始终都在将其珍藏着，甚至连那一截一截的红线头都留在簸箩里，因为在乡村，这些红线头在许多地方还有用武之地呢！

　　首先当然是用作红头绳了。作为辛勤劳作的农村妇女，祖母和母亲基本上没有时间也不懂得梳妆打扮的，出工时往往只用梳子将头发梳顺，紧接着用红头绳一扎，然后再风风火火地赶往田间地头。年幼的我站在门槛之上，望着祖母和母亲远去的背影，只觉得那乌黑的头发之上，似乎有一束鲜红的火苗在跳动——那火苗洋溢着生机与活力，那火苗昭示着憧憬和希望。有时我也注意邻家的小妹，在她起床之后，便会活蹦乱跳地跑到祖母身边，祖母会把她揽在怀中，将她的一头乌发分成三股或者四股，然后极其细心地交叠起来，梳成整整齐齐的两个羊角辫，再束上两根红头绳，那样子在晨光的映衬下，显得格外地清纯。也还依稀记得，同村有个漂亮的大姐姐，她有一条垂至腰际的大辫子，辫梢扎着蝴蝶形的红头绳，走起路来，辫子随着那扭动的腰肢绵绵地摆动，散发出柔柔的女人味，真是美到了极致。那个年代，红头绳便是美丽，便是时尚。

　　尽管我们都是"带把的司令"，可是身上也绝对少不了红头绳的束缚。在民间，红头绳有"拴"的意思，"拴"在孩童的脖颈、手腕甚至脚踝，相传能祛灾辟邪，健康长寿。多少有点迷信的祖母对此深信不疑，她趁我们弟兄仨熟睡之际，会蹑手蹑脚地在为我们拴上好多。由于皮肤是与红头绳直接接触的，醒来过后难免身上奇痒无比，我们可管不了许多，纷纷解开红头绳，将其丢在村前的沟渠中、池塘里，据说这样，红头绳就可以变成水蛇或者蚯蚓。不过水蛇不咬人，蚯蚓是钓鱼最好的饵料，我们循环反复丢弃红头绳的举措，往往会招来祖母的大声呵斥与严厉训诫。

　　逢年过节或者走亲串友时，祖母的语气与平时那是天壤之别，她会千叮咛万嘱咐地告诉你："那系了红头绳的鸡腿，绝对是不可以吃的！"这是因为在我们皖西南地区有个习俗，就是客人来访有烧"热茶"的礼仪，而这"热茶"最主要的原料就是鸡腿下挂面，也有的是鸡腿下粉丝，条件稍好一点的人家还会在碗里加点肉片和鸡蛋之类。挂面和粉丝虽然平时也很难吃上，但在喜庆的节点多少会准备一些，可那鸡腿是至真美味呀，全村也不过三五只。因此只要家中来了客人，大多会在第一时间从隔壁邻居那里借来半生不熟的鸡腿，用红头绳系上，待挂面或粉丝烧好，再将鸡腿摆在碗面上，然后非常热情地邀请客人享用。深得其中奥妙的客人当然不会贸然动那系了红头绳的鸡腿，可是不谙世事的孩子可全然不顾，这不，有一年的正月，祖母带着我们弟兄仨人去姑妈家拜年，姑妈看到娘家来人，那个高兴劲儿甭提了，忙前忙后地招呼着。没过很长时间，"热茶"终于端到了八仙桌上，眼尖的三弟很快就发现了祖母碗中的"宝贝疙瘩"，也许实在是抵挡不住那馋虫的诱惑，趁祖母不注意，他将那鸡腿猛地抢了过来，顺势就咬了一大口。那半生不熟的鸡腿根本无法咬动，就在三弟感到疑惑之际，祖母那粗糙的巴掌"呼"地抡了过来，随着"啪"的一声脆响，三弟豆大的泪珠倏地滚落下来……二弟见此情形，笑得几乎岔了气，我在一旁也忍俊不禁，赶紧风卷残云地将那碗面条吃了——因为我心里最清楚：捞个现成的，这是最实惠的！

相对于贪嘴的三弟，《白毛女》中的喜儿可没有那么幸福了。她那穷困潦倒的父亲，给爱女过年的唯一礼物就是两尺红头绳——这是一缕风雪中的阳光，虽然微弱黯淡，却也温暖人心，它见证了贫穷年代的无奈与孤寂，也蕴涵着感人泪下的浓浓爱心和温馨暖意。以至于后来每每观看这部拍成电影的歌剧，我嘴里依然不忘学着杨白劳那欣喜异常的样子，小声地哼哼："人家的闺女有花戴，爹爹钱少不能买，扯上了二尺红头绳，给我喜儿扎起来！哎，扎呀么扎起来……"

红 胭 脂

在筹备"戏曲之乡·怀宁"全国黄梅戏名家名票群英会的两个月时间里，忙里偷闲，断断续续地读完了亦舒的小说《胭脂》。或许是机缘巧合吧，多年不见并且很少关注的红胭脂，竟然在大多数票友的梳妆盒里都能找到，特别是票友们在后台的精心打扮，让我深刻地体会到：什么叫真正的涂脂抹粉？什么叫艺术的粉扑人生？

脂粉味永远是女人的最爱，脂粉味也令男人为之痴迷。可是在乡下人的意识里与认知中，胭脂首先是一种花卉的名称——这种花卉学名紫茉莉，也叫红蓝花、夜晚花，俗称胭脂。胭脂是一年生的草本植物，枝枝交错，叶叶对生，庭院内外随处可见，其形如同朝天的小喇叭，花片比较丰厚，常常是傍晚时分绽开小巧娇艳的容颜，第二天清晨再悄无声息地收起美丽的霓裳，如此反反复复整个夏天，由于是昼伏夜出，因此胭脂很难在百花丛中鹤立鸡群，不过胭脂花自有一种精神所在，它们花花相连，花团簇拥，形成紫红或黄白的夏锦，铺在庭院里，氤氲成如云似霞的一片。晚风习习吹过，那隐隐约约的奇异幽香四处飘荡，诱惑那些在晒场上光着膀子乘凉的男人们，免不了都要猛吸几下鼻子，然后故弄玄虚地感叹道："哦，胭脂花又开了！"闻听此言，那些不谙世事的女孩子们可坐不住了，她们蹦蹦跳跳地跑过去，很快就采撷了一大束，她们那兴奋得红扑扑的小脸，根本就不用淡抹胭脂，白里透红，水嫩着呢！

胭脂其次是一种红妆的指代。胭脂花的种子墨黑如豆，然而剥去皮壳，那里面的粉末却嫩如凝脂，粉红如膏，嗅之则芳香四溢，涂之则平添俏丽。不过这种最原始最本真的化妆原料，终究还是受到了时间的限制，如果需要长久地保留，最佳的办法自然还是制作胭脂。胭脂的做法说来并不复杂，当红蓝花盛开之时，将其整朵小心地摘下，然后放在石钵中反复地杵，直至杵成花泥。红蓝花的花瓣中含有红、黄两种色素，淘去黄色后，即成鲜艳的胭脂。其实这种天然的胭脂还可以少量食用，小孩出生后的三朝、百日、生日等几个重要的节点，乡间有送红鸡蛋的习俗，这红就由胭脂晕染而成；秋粮成熟后，乡亲们喜欢通过蒸米粑的方式来欢庆丰收，那白玉般的米粑中间，通常也会蘸上一点红，别提有多赏心悦目和激发食欲啦！事实上，现在化妆时所用的胭脂，并不单单由红蓝花提炼而成，医书上记载，制作胭脂的原料还有蜀葵花、重绛、黑豆皮、石榴、山花及苏方木等，从这些中药中提取的天然红色素，不仅具有美容的点睛效果，更有养颜的保健作用，只是这时的胭脂不再是最早意义上的胭脂了，它已经成为所有红妆的指代。

更为重要的，胭脂是所有女人的灵魂。说这话的，是小说《胭脂》的作者亦舒。亦舒说："不管什么年纪、什么身份、什么环境、什么性情、什么命运、什么遭遇，生在一千年前还是一千年后，都少不了这盒胭脂。"此语虽然有失偏颇，甚至有以偏概全之嫌，但是终究触动了大多数女人心里那最柔软的神经，她们为之心旌荡漾，她们为之魂牵梦绕——毕竟士为知己者死，女为悦己者容，因此无论是添香的红袖还是深院的闺秀，当她们打开那个玲珑剔透的胭脂匣，蘸一点点轻轻晕在那白皙丰润的腮颊上时，心中一定期盼着可以遇见那个为她心动的男子吧！而古往今来，又有多少的艳史佳话与缱绻情事，不是起始于这惊鸿一瞥呢？南唐李煜被"捕获"了，他无奈地慨叹："胭脂泪，留人醉，几时重？自是人生长恨水长东！"南宋辛弃疾被"俘虏"了，他深情地吟哦："先裁翡翠装成盖，更点胭脂染透酥。香激滟，锦模糊。主人长得醉功夫。"不过，男人中也有懂得如何"巧妙地"使用胭脂的，胡兰成就是其中的代表之一，不过他的胭脂是那些涂了蜜的谎言，他曾抓着张爱玲的手说："愿岁月静好，现世安稳！"多么堂而皇之的祝福，多么令人眩晕的表白，可是小心地揭开生活的面纱，何来的静好，哪来的安稳，真正交付给张爱玲的，只是从此颠沛流离的一段岁月……这样的"胭脂"要不得！真的要不得！但谁让张爱玲自己当初喜欢呢？喜欢那些有"胭脂"的情话呢？

花卉娇艳，红妆艳丽，伊人动容。胭脂，胭脂，你那粉饰的一张桃花面，你那轻吐的一缕蚀骨香，摄住了多少芳魂，酥软了多少男儿……

红　蜡　烛

　　对蜡烛的最先认知，我与大多数乡下孩子一样，肯定不是受益于唐代李
商隐的那句名诗："春蚕到死丝方尽，蜡炬成灰泪始干。"因为那时我们还是
懵懂无知穿着开裆裤疯跑的年龄，根本没有条件去"子曰诗云"，也完全不懂
什么"起承转合"，但是许多情愫是与生俱来的，从我能够记忆时开始，那摇
曳多姿的烛光似乎就在我的脑海中若隐若现，以至于现在只要看到那红红的
一对，我的眼就莫名地模糊，我的心就无比地激动。

　　在乡村，红蜡烛通常只出现在两种特定的场合，首先是除夕酬年时。当
时还没有照明的电灯，煤油供应也比较紧张，蜡烛的成本更是一般农家不敢
奢侈的用品，所以只要天完全暗了下来，再调皮的孩子也会被父母呵斥着挤
进被窝。过年时的情景就迥然不同了，我们不仅可以死皮赖脸地从母亲那里
抢些小蜡烛来点灯笼，而且能够看到父亲将两根粗大的红蜡烛插入铁制的烛
台，然后毕恭毕敬地供奉到祖先的牌位前。火柴"哧"的一闪，温暖的烛光
就将堂轩豁然照得透亮，隆重的祭拜仪式这才算是正式开始，于是全家老小
依次虔诚地跪下，三叩首，两作揖，祝福岁岁平安，祈盼五谷丰登。丰盛的
年夜饭过后就是守岁，父亲在这时一般会讲些稀奇古怪的故事，有时也说些
大道理来激励我们好好读书，两个乖顺的弟弟会认真地听着，而我却喜欢出
神地望着那烛光在眼前跳跃，那烛油在灯芯四周晃荡，有时忍不住伸出手去
碰一下，透明的烛油倏地流淌下来，并且很快在烛壁四周凝结起来，那样子
与屋檐下的冰凌十分形似。在一旁缝补的母亲这时则会拿出剪刀，将灯芯烧

得漆黑的上半部分小心翼翼地剪去。问母亲为何这样，她支支吾吾说不出所以然来，后来读了物理知识才知道，蜡烛的烛芯是用棉线搓成的，直立在火焰的中心，由于无法烧尽而容易炭化，所以必须不时地用剪刀将残留的烛芯末端剪去。

红蜡烛出现的第二种特定场合是在洞房花烛夜。在我最初的印象中，这种场景一定是在电影中或者戏台上，因为童年最快乐也最难忘的事情，莫过于跟在放映队或者小戏班的后面，获得视觉上的快感和精神上的享受，尤其是每每看到红男绿女手牵绸缎，在鼓乐齐鸣与鞭炮同响中步入洞房的优雅，羡慕之情和妒忌之心几乎是同时油然而生，那红红的帐帘，那红红的盖头，还有那红红的蜡烛，永远定格在童年心灵的底片上。喜欢起哄的伙伴开始躁动起来，他们有的想借烛影一睹新娘姣好的容颜，有的想秉烛台共度良宵美好的时光，我呢，也在心底盼望着自己快快长大，能像那风流倜傥的才子牵手端庄娴静的闺秀，在祝贺与道喜声中，一拜天地，二拜高堂，然后是夫妻对拜。遗憾的是，等我真正喜结连理的时候，时代已经发生了变迁，红帐帘罕见了，红盖头淘汰了，红蜡烛也被一种形似的灯泡取而代之，好在喜庆的气氛有增无减，好在传统的民俗仍有保留，蜡烛在当代被赋予了更多的感情色彩，例如情侣相约、生日聚会等。

说到生日聚会，不能不提到吹灭蜡烛的习俗。据传这一习俗最早开始于古希腊，当时，人们对月亮女神阿尔特弥斯十分崇拜，每年都要为她举行生日庆典，在祭坛上，供放用面粉和蜂蜜做成的蛋糕，上面还插着很多点亮的蜡烛。他们将蜡烛发出的光亮，比喻成月亮的清辉，以表示对月亮女神特殊的崇拜之情。后来，古希腊人在庆贺自己孩子的生日时，也喜欢在桌子上摆上蛋糕，蛋糕上插入许多点亮的小蜡烛，而且还增加了吹灭蜡烛的内容。他们相信，燃烧着的蜡烛具有某种神奇隐秘的力量，当过生日的人在心中默默许下一个心愿时，一口气吹灭所有的蜡烛，便可如愿以偿。这一习俗自古流传到现在，并且在许多国家盛行开来，"蜡烛"成了一种共同认知的文化符号。

燃烧着自己，照亮着别人。红蜡烛在乡间生生不息，红蜡烛在城市代代相传，红蜡烛在我心里，坚守着最初的诺言，跃动着精神的火焰……

红 绣 球

　　《认知心理学》告诉我们，人类对大千世界的了解，无非"体验"与"认知"两种方式，并且这两种方式彼此关联，互为补充，从而使得人类的日常生活与精神世界更趋健全与成熟。对于孩童而言，能在一生中留下深刻印象的，大多离不开亲身的体验，当然也有些例外，譬如对红绣球产生浓厚的兴趣，于我就是从对黄梅戏的认知开始的。

　　我出生的石牌地区，素有"徽黄故里，戏曲圣地"的美誉，"出门三五里，处处黄梅声"就是当地老百姓对这一艺术形式的普遍认可和由衷热爱。耳濡目染，我从小也是在"戏窝子"里长大的，那时百看不厌的就是《牛郎织女》《天仙配》《女驸马》等经典剧目。内行看门道，外行看热闹，如我一般高矮的孩子在台前台后撒野疯跑，图的就是无拘无束的欢欣与快乐。可是只要每次观看《女驸马》中刘文举大人为李兆廷保媒的场景时，我都会很安静地坐下来，等待着"让他纱帽头上戴，让他红袍穿上身"，随后的喜庆场景将使我的精神为之一振，同时也诱惑着我睁大眼睛，看冯素珍头顶红盖头，手牵红绣球，在吹吹打打的鼓乐声中，与李兆廷双双步入流光溢彩的洞房。

　　在当时的乡下，新娘出嫁依然有头顶红盖头的习俗，而像影视剧中那样手牵红绣球的画面并不多见，至于抛绣球招亲的情况更是鲜有所闻。因此我对于红绣球的认知，还真离不开黄梅戏的浸润与熏染，乃至现在还固执地认为，盛开的玫瑰固然可以增加浪漫的情调，闪光的钻戒诚然可以见证爱情的忠贞，但是喜结连理的婚庆盛宴，如果增加了红绣球的点睛之笔，那古典的意蕴，那唯美的韵致，一定能使婚姻的殿堂熠熠生辉，锦上添花。为此，我还特意留心过那戏台上用作道具的红绣球，它的做法比较简单，大多是取一条三米左右的红绸子，在中间打上一个结，然后再按一定的顺序将其编织成球状，仿佛一朵迎春怒放的鲜花，这样新郎新娘各执一端闪亮登场，那红彤彤的绣球就如同他们激动不已的心；还有，那莲步轻移的娉婷身影，那满面春风的自得神情，在红绣球的牵线下，不知会赢得多少俊男靓女啧啧的惊叹，不知会吸引多少父老乡亲羡慕的眼光。

戏台上的道具或许不必太过考究，但是在现实生活中我所认知的红绣球，其做工相当的严谨精细。乡野在春节期间有耍龙灯、舞狮子、打连厢的习俗，其中"狮子滚绣球"最是憨态可爱，逗人喜欢。而那"狮子"所滚的绣球，就是以红、黄、绿三种颜色做底及面料缝制而成，绣球大多为十二瓣，每瓣皆绣上各式吉祥物，除中间四瓣选材不拘外，其余的则要求"上四瓣必挑飞禽，下四瓣须为走兽"。绣球里面的填充物更是暗藏玄机，别有用意，它多取绿豆、粟米、棉籽或谷物的种子，这样既使绣球有一定的重量，适宜抛接，同时也隐喻将友谊或爱情的种子抛给对方，送上衣食无忧与繁衍生息的衷心祝福。因此，红绣球在传统的民俗中，不仅喻示着"五谷丰登"，而且代表着"生育兴旺"。

既然如此，继承传统的文化，传承淳朴的民俗，在我看来，不仅仅只是守住底线的问题，更应该在形式上推陈出新，在扬弃中发扬光大。而事实上，缤纷亮丽的红绣球作为一种文化元素，在一些地方已经被弱化甚至被亵渎了。曾经前往一个4A级的风景点观光旅游，其中的一个节目就是抛绣球，这个节目如果只是用作儿童"过家家"的游戏，倒也无可厚非，毕竟孩子们是天真无邪的，顽劣就是他们的天性，可趋之若鹜的却是一群嘻嘻哈哈的红男绿女，他们在"新娘"的搔首弄姿下，一个个被摄去了魂魄，那抢到的红绣球最后成了"烫手的山芋"——不放点血，你休想走人！

呵呵，红绣球，你绝对没有罪过，罪过的是那贪得无厌的手，是那好奇猎艳的心……

红　木　匣

　　茶余饭后打开电视机，不想画面中出现的却是央视财经频道的《寻宝》栏目。咱一普通百姓，既无殷实的家底，也无高雅的嗜好，平时对这个栏目很少刻意观之，尤其是前段时间看到许多关于收藏的负面新闻，使我更加坚信，如果过度地沉迷于文物古董，最终只会陷入玩物丧志的"泥潭"，这与收藏的古训"天道酬勤、地道酬善、商道酬信、业道酬精、人道酬诚"显然是背道而驰的。而这次我之所以没有将遥控器上下拨动，是因为一位女性藏友呈上的四只红木匣，在电视的快闪中就已经吸引了我的眼球。

　　和大多数故事的版本如出一辙，这四只红木匣是奶奶的奶奶的嫁妆。奶奶的奶奶可是清朝末期的大家闺秀，爷爷的爷爷在当时是富甲一方的商业大贾，后来由于家道中落以及战争原因，所有的金银珠宝和古董字画都被变卖殆尽，唯留下这四只红木匣来反证曾经的荣耀与辉煌。很显然，鉴宝的专家也没有被这个传奇的故事所打动，不过他们对这四件家传的瑰宝刮目相看，并且在反复鉴定与认真商讨之后，达成了一致的意见：四只木匣都由正宗的红木制作而成，上嵌的珍珠和玛瑙都价值不菲，尤其是雕刻其上的"福禄寿喜"图案与纹饰，可谓精美绝伦，堪称艺术珍品。同时他们还参考拍卖行同类藏品的行情，给出了每只红木匣价值超过百万的市场价。

　　简直是天上掉馅饼，不可思议！一只看着并不起眼的红木匣，在二线城市就是一栋条件很不错的住房！这种震惊与感叹，催促着我赶紧拨通母亲的电话："妈，家里的那只红木匣还在吗？"听到我火急火燎的语气，母亲感觉有点惊奇："你这孩子，问那破玩意干吗？"在得到母亲的肯定答复后，我一个劲地叮嘱："您别管许多了，把它保存得好好的就是，等双休日有空了，我就回去看看。"那个晚上，我竟然兴奋得辗转反侧，夜不能寐——这种兴奋不是母亲的那只红木匣，也不是能为我带来巨额的财富和意外的惊喜，而是因为在它身上，承载着我的缤纷童年，萦系着我的无数好奇。

母亲的红木匣是寻常人家都得配备的陪嫁物品，体积不大，但上、中、下隔有三层，每层都装有很小的抽屉，且顶部可供折叠，打开时就像一间房屋的模型，其内侧嵌有一面长方形的镜子，乡亲们都管这叫"梳妆台"。在我的印象中，母亲在年轻时不但很少使用这个梳妆台，而且绝不允许她的三个孩子随意地去碰它，同时还给它另外起了一个好听的名字："百宝箱"。关于"百宝箱"的秘密，我曾经做过无数次的猜想：这难道会是一个小巧的首饰盒？大姑娘出嫁，哪一个会没有几件可心的首饰？——可由小到大，我从未见过母亲戴过任何金银首饰，这些一定都被藏在了匣子里！要不就是母亲私设的"小金库"？——过惯了清苦日子的母亲，平时舍不得多花一分钱，想来钞票现在也该装满箱了吧！还有一种可能，里面装的或许就是母亲与父亲的定情物？——不是爱情的见证，母亲何以这样将其当作心肝宝贝一样地呵护着，疼爱着……天真无邪的童年时代，母亲的这只红木匣，谜一样攫取着我的心，并一直带给我许多美丽的遐想。

随着年龄的逐渐增长，我的好奇心也是越来越重。大概是在十岁左右的光景，一次趁母亲外出劳作之时，我还是偷偷地打开了那只充满了神秘色彩的"百宝箱"。令人感到意外的是，红木匣中除了针线、剪刀、纽扣等常见的手工用品外，并没有什么贵重的东西，唯一见得稀罕的，就是一本薄薄的书中夹有几张大小不一的鞋样剪纸。管不了那么多，抽出两张来玩玩，可还没等在两个弟弟的面前炫耀，母亲脸上的愠色吓得我赶紧将那两张鞋样剪纸送了回去，并且从那开始，这只"百宝箱"就被母亲紧锁在柜中，基本上不让我们接触。多年以后，母亲这才道出其中的原委："咱家里条件有限，那只红木匣里所装的，可没有什么奇珍异宝，而是些针头线脑和锥子顶针之类，你别看这些东西不值钱，可每家每户都少不了；你也别看这些东西很小，可是危险性特大，你们几个都很顽皮，一不小心，会伤到身体的。"——母爱的力量见微知著！母爱的光辉无所不在！母爱的崇高撼天动地！

终于回到了老家，母亲捧出了她心爱的"百宝箱"。我仔细地端详，只见红木匣的油漆开始脱落，小抽屉的铜环锈迹斑斑，四周的隔板还有虫蛀的现象，可是里面依然存放着母亲做女红的日用工具，只是鞋样剪纸难觅踪迹了，取而代之的是一张其乐融融的全家福。望着白发苍苍的母亲，我动情地说："妈，这可是咱家的传家宝，得世世代代流传下去！"其实所谓的"传家宝"，就是保持朴素的劳动本色，就是弘扬祖辈的优良传统，就是祈盼全家的幸福安康……

红笸箩

有幸参加了一所学校举办的汉字听写比赛，在主持人报到"碌碡""辘轳""笊篱""簸箕""连枷"等词汇时，绝大多数孩子听后的表情是一片茫然。这也难怪，不要说在城里娇生惯养的孩子，就是农村里那些比较淘气的娃儿，现在也很少见到这些以前司空见惯的实用物件了，就连我在听到"笸箩"这两个字的时候，头脑也稍稍疑虑了一下，并且由衷地感叹：历史真的如同大浪淘沙，说不定在哪一刻，好端端的一个物件便成了过去，掉进了记忆的长河里，从此再也无法打捞上来。

我之所以对笸箩心有所触，最主要的原因还在于那份久违的乡情与亲情。在我们乡下，估约地说，应该是在二十多年前的乡下，家家几乎都有一个精致的针线笸箩，它用极细的藤条精心编织而成，形状比蒸钵要大，比竹筛略小，里外不仅用桐油仔细地油过，而且刷了一层紫红的木漆，既小巧又漂亮，既耐用又实惠。针线笸箩里一般盛着做女红的家什和材料，针头线脑、零布散扣、顶针剪刀、锥子铁钳等，应有尽有。豫剧《花木兰》中有一段唱词："白天去种地，夜晚来纺棉，不分昼夜辛勤把活干……咱们的鞋和袜，还有这衣和衫，千针万线都是她们连哪……"这曾是当时农村妇女的真实写照。事实也的确如此，实行联产承包责任制之后的农村，广大妇女成为了发家致富的中坚力量，她们终日忙忙碌碌地操劳，即使稍有空闲，也会端起针线笸箩，三五成群地凑在人家的屋檐下或者村头的树荫里，唠家常，说长短，做针线。这种其乐陶陶、其情融融的场景，别提有多幸福与温馨了——只可惜，这种场景已经定格在过去的印象里，如今的乡下，留守的多是老人和小孩，哪里还能见到端着红笆箩款款走来的姑娘大嫂、婆姨媳妇呢？

母亲曾经也是这场景中活跃的一员，不过她使用红笆箩最多的时候，是在晚稻全部收割之后。这个时节，田里已没什么农活，闲不住的母亲便夜以继日，开始为我们赶制冬衣，做过年用的新鞋。尤其是在北风呼啸的冬天夜晚，我们坐在暖暖的火桶上，或写作业，或乱翻书，母亲则在一旁督促着我们学习，手中却并不闲着，她时不时在红笆箩中翻找着，找她的针线，找她的顶针，找她的碎布，找她的剪刀……夜深人静，我们有时从酣睡的梦中醒来，看见母亲依然端坐在那里，全神贯注地缝新衣、补棉袜、纳鞋底、绣荷包……昏黄的灯光映照着她的脸庞，是那么的专注，那么的温暖，这份深深的爱意，怎能不让人想起唐代诗人孟郊的那首《游子吟》："慈母手中线，游子身上衣。临行密密缝，意恐迟迟归。谁言寸草心，报得三春晖。"尽管那时候我们还不是游子，尽管那时候我们还没有真切地体会到母爱有多伟大，但是这幅《寒夜挑灯夜织图》，犹如丹青高手的鸿篇巨制，将永远镌刻在我的脑海里，烙印在我的心灵中。

乡亲们还赋予笆箩一个雅致的称谓，叫"粮笆"。很显然，这仍是从实用主义出发而命名的。稻子收回家，有谷场可供晾干；棉花捡回来，有竹帘能供翻晒；而芝麻、绿豆、黄豆等农作物，收获的数量都不会很多，摊在硕大的竹匾里确实有点"小巫见大巫"的味道。这个时候，扁平形状的粮笆就能派上用场了，它的容量比较适中，移动比较方便，如果在外面再罩上一层薄薄的纱网，这样既可以起到晾晒的功效，而且还能防止鸟雀的偷食，真可谓一举两得。特别是在过年的时候，母亲会用粮笆盛满花生、瓜子、糖粑、山芋角等吃食，放到八仙桌上，供前来拜年和串门的父老乡亲美美地品尝。其实，红笆箩在此刻盛满的，不仅仅只是丰收的喜悦，家庭的温馨，更多的是对万家团圆的祝福，是对美好生活的憧憬！

随着信息时代的到来，科技水平的提升，农家的许多物件肯定将被收入历史的博物馆，成为非物质文化遗产的一部分。但我还是殷切地希望这些弥足珍贵的物件，能够成为我们日常生活中必不可少的用具，毕竟在它们的身上承载了许多故事、许多情感，甚至许多灵魂。仅以红笆箩而言，在我认为，它就传承着一种艰苦奋斗的精神，一种勤俭节约的品格，一种宠辱不惊的情怀——那可是我们的"传家宝"啊！

红　砂　糖

　　酸甜苦辣咸，古时亦称"甘苦酸辛咸"，现在则笼统地合称"五味"。在这"五味"中，相信大多数人的偏爱会指向"甘甜"，尤其是经历了生活的坎坷和饱受了人情的冷暖之后，许多人都会发出这样感叹："这真是苦尽甘来啊"！

　　味觉上的甜，无外乎来自生活中的糖。糖在我们乡村主要以四种形式出现，即白砂糖、红砂糖、冰糖与糖稀，其中以红砂糖最为有名。有名的原因主要在于，红砂糖富含铁质和葡萄糖以及其他多种营养成分，且性暖温热，具有活血化瘀的特性，所以是滋补身体的营养品，更是妇女产后坐月子的必备品。所以谁家的媳妇生了小宝宝，七大姑八大姨所送的"月子礼"，绝对是少不了挂面与红糖的，主人家当然也不会怠慢这些送礼的客人，用红砂糖冲水，再每人四个荷包蛋，用托盘托着，小心翼翼地送到八仙桌之上。不要说美美地品尝，单看那暗红的糖水、雪样的蛋白、橙色的蛋黄，简直就是一种莫大的幸福。这样的四个荷包蛋，对于饥肠辘辘的肚腹而言，很快就被风卷残云，而那暗红黏稠的糖水捧在手中，大家都舍不得"下咽成渠"，砸吧砸吧那贪婪的嘴唇，有滋有味地享受，还有人恨不得把碗底的那点糖渣也舔得干干净净。

　　乡村里讲究礼尚往来，特别是在新年里给长辈拜年，礼品总是越重越好，越多越好，而在过去那个衣难遮体、食难果腹的艰苦年代，贵重与量多几乎只是一种奢望，出门拎在手中的无非一斤糖、两条糕而已。糖是红砂糖，糕为方片糕，按照一般的乡情乡礼，糖可全部留下，寓意"留住甜蜜"；糕要送回一条，暗含"高来高去"。尽管也要装模作样地推辞一番，可在吃过"热茶"（皖西南地区所谓的"热茶"，是用鸡腿下挂面，但是那只鸡腿是从隔壁邻居那儿借来应付客人的，专门系了红头绳，绝对不可食用）之后，前往拜年的晚辈会拿着另一条糕，屁颠屁颠地满意而归。那留下的红砂糖，随后将被自家的孩子拎着，火急火燎地赶往下一家。如此循环反复，这一斤红砂糖似乎成了传递亲情与友情的"纽带"，在整个正月嬗变为"红红火火""甜甜蜜蜜"的象征。

其实红砂糖的包装极其简单，多数是用废弃的报纸包装成三角形的锥体，比较讲究的人家，还会裁上窄窄的一截红纸，从顶端对折而下，外面再用一根稻草或红绳将其捆扎。由于报纸的抗潮性能差，加上红砂糖本身就带有一定的黏性，结果一包糖传递不了三五家，那简陋的包装基本上就会散架。此刻也许是孩子们最高兴的时候，因为父母亲会将那红砂糖悉数倒入特制的陶罐里，以备应急之需，而那包装的报纸却成为争相抢夺的"如意宝贝"，因为黏附在其上的大小糖粒，够大家"饕餮"一阵了。

上面所谓的"应急"，是说红砂糖煮姜汤可以改善体表循环，治疗伤风感冒。旧时农村的医疗条件相对较差，遇上雨淋霜冻，难免会流鼻涕与打喷嚏，这时取生姜两三块，拍碎，加入两大汤匙红砂糖煎汤，趁热咕咚喝下去，定会使心脏跳动加快，血管充分扩张，全身燥热冒汗。需要注意的是，红糖姜汤只适用于风寒感冒或淋雨胃寒，不能用于暑热感冒或风热感冒，同时红糖不可下锅久煮，否则会起化学反应，成为"隐形杀手"。

除了应急之需，红砂糖还有美容之效，这是一位老中医传授的偏方。我等忝列为读书之人，常有通宵熬夜的习惯，第二天难免出现"熊猫眼"（俗称"黑眼圈"）的现象，不用着急，将适量的红砂糖放入锅内，以小火加热，待到冒烟时，再将红砂糖包在手帕或纱布里，等到眼皮可以适应纱布的温度时，按照顺时针方向慢慢热敷眼睛四周，很快就可收到吹糠见米之效。这样试过几次，顿时觉得倦意全无，神清气爽。将此偏方告知同道的三五好友，大家争相效仿，果然也是屡试不爽。

现在，随着生活水平的逐步提高，春节拜年的习俗虽还重视"糕来糕去"，却再也难觅红砂糖的"倩影"了，但那蔗甜中略带一点的焦苦味，感觉仍在舌尖上回旋，在齿颊间弥漫——那是民风古朴醇厚的味道，那是我对故乡思念的味道！

红　鸡　蛋

　　俗话说："一方水土养育一方人，一方人造就一方文化。"位于皖西南的石牌地区，历史上曾经发生过四次移民的现象，这样就使得中原文化的弘博典雅、荆楚文化的雄奇瑰丽、吴越文化的钟灵精致，能够在这里取长补短与交流融合，并且形成了别具一格的地方艺术和风俗习惯。如果将这些地方艺术和风俗习惯装订成册，我想那一面一页，那一图一文，无不记载着一个个古老的故事，"红鸡蛋"在这些故事中也许算不上最为动人的一章，但是现在细细地品味，那种甜蜜依然在心头澎湃，那种幸福一直在周身荡漾。

　　感到甜蜜的并非是我，而是那些穿着大红袄、戴着红盖头的新嫁娘。在我们乡下，大姑娘出嫁是颇有讲究的，陪嫁的"三盆两桶"（洗脸盆、洗脚盆、洗澡盆、火桶、马桶）强调的是实用价值，并且多数嫁妆有着美好的寓意，例如花瓶一对谐音"花开富贵"，铜盘及鞋象征"同偕到老"，龙凤碗筷代表"丰衣足食"，即使是毫不起眼的痰盂，也被比喻成子孙桶，这是希望女儿开枝散叶，儿孙满堂。懵懂无知的少年时代，我一度觉得拿痰盂陪嫁真的有些不可思议，却不知晓其中另有玄机——那干净的痰盂里，装有红枣、花生、桂圆和鸡蛋等可吃的东西——枣子本身就是紫红色，天然去雕饰，而花生、桂圆和鸡蛋则被一律染成了胭脂红，图的就是喜庆与吉祥。在父老乡亲的口语中，鸡蛋几乎是统一地被叫作"鸡子"，因此这四种食材有机地组合在一起，那"早生贵子"的深情祝福，足以让公婆笑逐颜开，让新娘心花怒放了。

好奇永远都是孩子的天性。年幼时的我，曾缠着母亲天真地问道："那鸡蛋放在痰盂里，万一碰破了该怎么办？"一直乐于给人做红媒的母亲嘿嘿一笑："你这孩子是真傻还是装傻呀，那红鸡蛋是煮熟了的，不怕碰！"从母亲那里我还知道，那痰盂里的红鸡蛋绝对是双数，并且枚数肯定在四枚以上，其中所隐含的道理绝非"好事成双"这么简单，因为我多次发现，在洞房花烛之夜，男方的女长辈会小心翼翼地拎着那陪嫁过来的痰盂，毕恭毕敬地摸出四枚红鸡蛋，然后在婚床的四角各放上一枚，嘴里还念念有词："早生贵子""子孙满堂""多子多福"。很显然，这红鸡蛋已经成为嫁娶风俗中重要的组成部分，它寄托着双方长辈最衷心的祝福，也延续着父老乡亲最纯朴的使命。

耳鬓厮磨，相敬如宾，年轻夫妇的爱情结晶终于瓜熟蒂落。母亲说，在过去的农村，婴儿出生以后，婴儿的父亲得向家公家婆报喜，报喜时携带的礼品也是红鸡蛋，不过这报喜的红鸡蛋也不是随便送的——如果出生的婴儿是男孩，报喜时要给家公家婆送去 6 个或 8 个红鸡蛋，并且还要在红鸡蛋的一头点上一个墨点，表示"大喜"；如果出生的孩子是女娃，送给家公家婆的红鸡蛋一般是 5 个或 7 个，表示"小喜"，且不用点上墨点。家公家婆见此便明白女儿已经生产了，同时还知晓这娃儿到底是男孩还是女孩。"哎！可惜的是，这种风俗马上就要失传了……"母亲在津津乐道红鸡蛋时，她的语气中不免流露出一丝遗憾来。

其实，赠送红鸡蛋的传统在许多地方都存在，主要观点有卵生神话说、祥瑞之物说、图腾崇拜说、生殖崇拜说和辟邪禳灾说等。其中辟邪禳灾说在我的老家也比较流行，母亲在我生日那天，会将这个版本演绎得让人终生难忘。儿时家贫，过生日很少有好的食材来打"牙祭"，不过母亲总会特意为我们弟兄仨个每人煮上一个鸡蛋，并且涂上红胭脂，这样晾干后便成了红鸡蛋。在吃鸡蛋之前，母亲会将其紧紧地握在掌心，然后在我们的身上轱辘几下，嘴里还默默念叨："一轱辘，两轱辘，灾祸霉气全滚掉，福气平安早来到。"在母亲的认知里，鸡蛋是可以打滚的，这"一轱辘"就是一年，这一年就像打个滚一样，顺顺当当、平平安安地过去了。有时，母亲会拿红鸡蛋在我们的头上磕下，说这叫"开窍"，若一下就能磕开，她会欣喜异常地说："我儿真的聪明过人呢"！

就这样，在红鸡蛋的"轱辘"和"轻磕"下，我们弟兄仨终于长大成家，同时每人都拥有一份很不赖的工作。已经步入老年的母亲为此十分欣慰，她的脸上始终挂满着微笑——这微笑的脸就像那红红的鸡蛋一样，透溢着健康，彰显着快乐，呈现着幸福……

红 灯 笼

　　日前翻看《歇后语辞典》，其中的一条使人忍俊不禁，它前半部分的引子是"外甥打灯笼"，后衬部分的答案为"照旧（舅）"。失笑的缘由不仅仅是因为这条歇后语的幽默风趣，耐人寻味，更重要的是它还让我想起了童年经常唱的一首儿歌，以及这首儿歌所折射出的那段丰富多彩的乡村生活。

　　"打灯笼，照母舅，母舅躲到门背后……"每当年夜饭之后，伴随着此起彼伏的鞭炮声，在我的老家，会有同一首儿歌从不同的方向悦耳地响起——那是耐不住喜悦的孩子们，在打着红红的灯笼开始游戏了。游戏的地点自然选择在村中的祠堂里，但见五颜六色的灯笼从四面八方聚拢过来，你不服我、我不服你地争相斗艳着，把整个村庄的夜景渲染到了极致。孩子们的欢歌弥漫在硫磺的气味中，好似那一声声衷心的祝福，煞是动听；孩子们的笑脸映照在炫目的光环里，犹如那一盏盏艳丽的灯笼，格外好看。

　　孩子们手中所提的灯笼，多数呈椭圆形，也有正圆形、正方形、长方形甚至三角形的，长辈们将其统称为"长命灯"，其寓意自然是"长命富贵"了。灯笼通体由竹子制成，这不仅是因为竹子容易弯曲造型，同时还有"四季常青""竹报平安"的寄托，故而逢年过节，家家户户都会做上几个大红的灯笼，既图个喜气洋洋，也把它当成好日子的火种，以此希望薪火相传。当然，也有在灯笼上面描上五谷蜜蜂，隐喻"五谷丰（蜂）登（灯）"；画上喜鹊梅花，寓意"喜鹊登（灯）梅"；描上五个娃娃，暗含"五子登（灯）科"的，这些大多寄托了父老乡亲美好的心愿，同时也是除夕一道独有的风景。

其实在我们乡下，关于"点灯笼"的由来似乎有好几个版本，其中令我最感兴趣的是有关姜子牙的传说。姜子牙是中国古代一位著名的军事家与政治家，享有"百家宗师"的美誉。传说他在封完神之后，自己却没有什么司职，只有在某位神仙出游时前去替班，大年三十晚上，众神都回归原位，姜子牙却无处可去，百姓见他十分可怜，于是在高杆上面点燃一盏灯，让其在灯下蹲上一夜，这样久而久之就形成了点灯笼的习俗。年幼的我之所以对这个传说百听不烦，津津乐道，一则可能与自己从小喜欢涉猎神仙鬼怪的离奇故事有着直接的因果关系；二则可以名正言顺地吵着父亲，在繁忙的腊月里抽空多扎几只红灯笼了。

这里用"扎"而不用"做"，是与故乡常见的一种职业——"扎匠"密不可分的。木匠面对的是树木，石匠敲打的是石头，扎匠使用的多为竹子、藤柳、芦苇之类，而这些正好是制作灯笼的主要材料。父亲并没有拜师学过这种手艺，但他深知扎灯笼是个细致活儿，需要经过片竹、削竹、编织、定型、上纸、写字、上油等繁琐的工序，并且每个工序都需要严谨地操作。父亲始终都认真地对待每一盏灯笼，他甚至虔诚地认为，每盏灯笼是有灵魂的，只有让每根竹条都规规矩矩、恰到好处地排好队，站好岗，灵魂才能在灯笼的身体里呆得安稳，过得舒适。因此不论他做的鲤鱼灯、兔子灯、莲花灯、寿桃灯等，不仅栩栩如生，而且形神兼备，那可是我们弟兄三人在小伙伴间炫耀的资本！

灯笼的腰身一般由红色的皱纹纸裱成，抗烧性能较差，遇到大风劲吹或者受到外力影响，里面的蜡烛很容易将外围的纸张点燃。可顽皮与淘气是孩子们的天性，年夜饭过后，大家聚在一起免不了要攀比一番，比比谁的衣服好看，比比谁的红包更厚，当然也会比比谁的灯笼更好，不服气者有时还会狠下"毒手"，想方设法让你手中的灯笼引发燃烧。此类事件倘若真的发生在你的身上，你得牢牢记住：不许哭泣！不许胡闹！因为在乡间，在除夕，是有许多忌讳的。平时管教比较严厉的父亲此刻也会一反常态，憨笑着安慰你说："红光在，喜气就在！"随后，他还会变戏法似的，拿出另外一个崭新的灯笼，让你重新加入到那一闪一闪的红色光团里，尽情地嬉戏玩耍到元宵佳节。

"红光在，喜气就在！"那红红的光影伴随着我，让我度过了无数个美好的夜晚；那红红的喜气呵护着我，让我倍感温馨与温暖……

红　对　联

　　时间才过晌午，年味四溢的乡村就有鞭炮声响起。做事从来不甘落后的祖母，一边催促擅长书法的伯父赶紧去写对联，一边指挥着我们研好墨、备好糊、搭好梯。所有的工作准备得当，太阳离西山还有很长的一段距离，祖母可不管那么多，"快贴，快贴"的命令，使得顽皮的我们开始手忙脚乱起来，同时也欢欣鼓舞起来。

　　"左右对仗，仄起平收！"在堂屋里还一直在挥毫泼墨的伯父大声地叮嘱道。年龄稍长的我心领神会，像猴一样"嗖"地爬上搭在屋檐的木梯，首先将上联"喜居宝地千年旺"贴在大门的右侧，然后折转到大门的左边，将下联"福照家门万事兴"举在手中，听着站在庭院中央的父亲的指挥："再上一点，靠边一点！"祖母依旧很不放心，她眯缝着眼，背着手大声地召唤："快，快把横批贴上！"

　　身穿新衣的弟弟欢天喜地地从堂屋里跑出，他手中跳跃的四个大字，是父亲对新春最诚挚最朴素的心愿：幸福，是对美好生活的憧憬；祥和，是对美满家庭的期盼。

　　仅贴大门肯定是远远不够的，在乡村，即使是厨房、牛栏、猪圈，在过年时也必须贴上红红的对联。"柴米油盐此房内，人生百味我心中""玉鼠回宫传捷报，金牛奋地涌春潮""多吃多睡多长膘，有精有肥有销路"等雅俗共赏的联语，俨然成了一道道靓丽的风景线，吸引着练字习文的孩子前来"评头论足"。

我把对联刚刚贴好，就清晰地听见对面的树梢上，一对留守的喜鹊正在生动地啁啾，原来，我家的墙上有不少"鸟雀"也筑起了"新巢"——那草体的鸟儿，那隶体的鸟儿，那篆体的鸟儿，那宋体的鸟儿，在一片氤氲的红光中扇动着美丽的翅膀，把瑞气和喜庆荡满了屋梁，把愉悦与吉祥漾在了每一个人的脸上。

　　祖母自然不知道这些鸟儿是什么形体，但是传统的民间习俗在她的心中根深蒂固，她看到所有的对联张贴妥当，这才从阁楼里拿出那两盏大红的灯笼，嘴里还念念有词："对联是年的眉毛，灯笼是年的眼睛，除夕是年的嘴巴……"

　　那时并不知道这是比喻的辞格，不过年的"眉毛"始终留在我童年的记忆里。我知道，那"眉毛"始终是舒展的，那"眉尖"始终会洋溢着喜气。

　　又到除夕，又见对联。无须用言语表达此时的心情，我深情地凝视，真切地感受到煦暖的春风，正从那一副副红对联上袅娜地升起，我知道明天一早起来推开大门，会惊喜地发现：乡村的面颊又是一片潮红……

红 纸 包

　　大红的对联端端正正地贴好，祭祖的鞭炮噼里啪啦地放完，忙得满头是汗的祖母，在热气腾腾的厨房里大声吆喝："小子们，快去把大门关上，年夜饭现在可以开始了！"

　　陶瓷的酒杯摆放有十只，大红的筷子配套有十双，鸡鸭鱼肉悉数端上来，不多不少，正好是十盘。按辈分高低和年龄大小端坐在八仙桌的四方，寡居多年的祖母作为一家之主，首先润了润嗓子，然后一本正经地发话了："今年的年成还不赖，有得吃有得穿；大人小孩也很好，既没病也没灾，过了个平安年，平安就是福啊！"

　　"阿弥陀佛——"这本是祖母的一句口头禅，没想到，顽皮的小弟竟然双手合十，抢先将这四个字绘声绘色地说了出来，然后做了个淘气的表情，等待祖母没完没了地数落。依然是没有想到，平时喜欢教训人的祖母，只是温和地看了小弟一眼，并用那只粗糙的右手摸了摸他的头，似乎没有任何责怪的意思。

　　大人们酒过三巡，孩子们菜过五味，原本还算安静的三个小家伙，屁股开始坐不住了，二弟与小弟甚至悄悄地咬起了耳朵，敦促着对方首先叫喊："恭喜发财，红包拿来！"

　　终究，祝福的话语没有说出口，假装什么也没看见的父亲，还在桌上与伯父推杯换盏。一瓶酒很快见了底，伯父于是开了第二瓶，满满地斟上，弟兄俩又美美地"吱"了一口。看到父亲酒兴正酣，同样被红包撩得心头痒痒的我，轻轻地拉了拉母亲的衣角，口中还小声地强调了一句："红——包——"

母亲心领神会，丢了两个眼神给酒意微醺的父亲，示意发放压岁钱的时候已经到了。可是父亲置若罔闻，我行我素，继续与伯父在那大口吃菜，小口抿酒。急得二弟与小弟在桌下一个劲地捣脚，也急得我这个老大是小猫抓心——难受着呢！

窗外的鞭炮此起彼伏，室内的红包望眼欲穿。这时即使脚底抹油，谁也不会离开餐桌半步。最后打破僵局的，你猜猜是谁？呵呵，是祖母！——他的两个儿子看似在那低斟浅酌，原来是在等待祖母的压岁钱呀！

祖母笑呵呵地从衣兜里拿出两个大红的纸包，一个递给伯父说："财源广进！"一个递给父亲语："一本万利！"两个五尺男儿毕恭毕敬地站起来，齐声道："祝妈身体健康，长命百岁！"——父母在，不论你年龄有多大，都永远是孩子！

老人其实也是孩子，需要尊敬与礼让，需要呵护与关爱。年夜饭的气氛这时才推向高潮，伯父和父亲都从各自的怀中掏出一沓厚厚的红纸包，首先双手呈奉给祖母一个："祝妈万事如意，心想事成！"祖母将手中的红纸包掂了又掂，脸上的皱纹顿时舒展开来，就像金秋时节竞相绽放的娇艳菊花。

接下来的场景将形成鲜明的对比：先是三双小手高高地举起，争先恐后地伸到了伯父与父亲的面前——那争抢的，并不仅仅只是崭新的连号钞票，而是对翘首企盼的圆梦，对幸福生活的向往，对美好未来的憧憬哟！

喧闹的气氛随即转入短暂的宁静，你猜怎么着？三个小家伙正在低着头，一五一十地数着红纸包里的钞票呢！——绝对数不一定非要许多，相对数必须严格均等，否则，这个年可有得他们折腾的。深谙"家和万事兴"这个道理的长辈，在压岁钱问题上，个个都显示出非凡的处理艺术和卓越才华，既有超前性，也有可行性，还有可操作性。

将新年的大门欣喜地推开，身穿新衣新鞋的孩子们，鸟雀一般飞奔出去，然后不约而同地聚集在村庄正中的祠堂里，叽叽喳喳地交流着，谈论着，攀比着，他们手中的红包俨然成了炫耀的资本——其实他们炫耀的并不是金钱，而是一种发自内心的快乐，一种无与伦比的幸福，一种源于生活的感恩……

红　月　亮

　　好久没有专心地望月了，今夜不知从哪里喷涌出一股激情，我决定将目光投向深邃浩渺的天空。下了楼，站在阶前的空地上抬眼四望，不想目力所及的只有巴掌大的一块天。天空中除了稀疏的几颗星星之外，其他的几乎没有什么，这不禁使我的心陡地生出一丝遗憾来，真不知这是我疏远了月亮的那一份皎洁，还是月亮漠视了我的那一份虔诚。

　　好在今夜是静谧的，也是属于我自己的。因此，当我的目光触及东边的一座楼顶时，先前的那一丝遗憾就倏地猛降下去，那上空的一片亮光，证明月亮本身已经上了东梢，只不过她暂时被高楼遮掩了去。但是这并没有使我真正地欣喜起来，因为长年累月在楼与楼之间的夹缝里为名为利穿梭奔走，人们早已经忽视了这片天空的存在，哪还有什么闲情逸致去玩物赏月呢？这又如何让我说得清到底是一种幸福，还是一种悲哀？

　　穿街过巷，来到郊外一片较为开阔的空地边，月亮终于完完整整地出现在我的视野里。本想月亮一定会是妩媚的，月光一定会是皎洁的，可是大大出乎我的意料：今晚竟是多年不见的红月亮！——尽管天空悬挂的不是如盘的圆月，尽管那红暂时还不是十分地耀眼，不过这的确是久违的精灵，是充满着神秘色彩与蛊惑情愫的奇异载体。这诱惑着我的思绪，情不自禁地回到了魂牵梦绕的乡村，兴趣盎然地想起了快乐浪漫的童年。

　　乡村的夏夜，人们最喜欢的事情就是在晒场上乘凉。夜幕初降，刚刚吃完晚饭的小伙伴们，就手忙脚乱地抬出自家的竹床，开始抢占有利的地理位置。由于大人们还没有洗漱完毕，大家要么挤在一起玩耍嬉闹，要么安静地躺在竹床上看月亮和数星星，月亮终于爬上树梢，忙碌了一天的大人们悠闲地摇着蒲扇，不约而同地向着晒场聚拢过来。孩子们兴奋得欢呼雀跃起来，因为此刻又可以听到许多妖魔鬼怪和战斗英雄的故事了，当然也可以重新温习一下"吴刚伐桂""嫦娥飞天""天狗吞月"之类的神话传说。由于懵懂无知，我在童年时笃信月亮出现了圆缺，那肯定是被天狗偷吃了，而当月亮出现红铜色时，便认为这将要出现不可预知的血光之灾，更有那口若悬河的说书先生对红月亮的添油加醋，害得我每次抬头仰望星空，总是有意识地回避月亮的方向。

其实越想回避，反而越想窥视，这就是童年奇妙又复杂的心理。所以每次透过遮在眼前的指缝向上望去，那微暗的紫红色仿佛一枚古朴的铜镜，叫人看一眼便会染上忧郁的情调——我可怜的嫦娥，今夜的蟾宫会不会很冷呢？我可敬的吴刚，今晚你可还要高举锋利的斧头？我可爱的玉兔，此刻你是否还在躲避天狗那贪婪的嘴巴？好在红月亮只是一种特殊的天象，出现的机会也屈指可数，故而童年的绝大多数时光依然是在无忧无虑中度过的，及至后来翻阅相关书籍，这才发现红月亮的出现只有两种情况：一是当月球位于地平线附近时，大气对月光的折射作用强，而月光本身就是反射的阳光，这种折射作用对其中波长最长的红光最为明显，月亮在此时呈现出红色绝对不是偶然；二是月全食发生的时刻，虽然没有阳光直接照射到月球上，但地球大气可以把波长最长的红光折射到月球上，致使月亮在一个时间段里呈现出红色，而并非看不见月亮。

今晚所见的红月亮肯定不是月全食所形成的，因为它在空中的轮廓比较明显，并且那红有规律地按照暗红、紫红、大红的层次分布着。我将镜片小心仔细地擦了擦，睁大眼睛仰望着那枚古朴的铜镜，美丽的嫦娥不见了倩影，贪吃的天狗难觅了踪迹，但这并不影响我赏月的情趣与雅致，毕竟此刻我还能感受"明月有情来约我，夜来相见杏花梢"的温馨，还能体味"梨花院落溶溶月，柳絮池塘淡淡风"的惬意，还能抒发"唯愿当歌对酒时，月光长照金樽里"的感怀。

是呀，能在滚滚红尘里，守一枚剔透的红月亮在心中，真是一件不容易的事情；能在扰扰名利中，短暂地与红月亮痴痴守望，谁说这不是一种幸运与福气?! 反正我是知足了，我愿意在今夜与红月亮相拥而眠，长相厮守……

第四辑　红之灵

红 蜻 蜓

县里举办艺术摄影作品主题展览，有幸被邀前往观摩。美轮美奂的佳构妙制，确实令人赏心悦目，其中印象最深的是组照《荷塘清韵》，尤其是那幅《小荷方露》更为逼真，极富情趣——尽管这幅作品依然没有脱离"小荷才露尖尖角，早有蜻蜓立上头"的意境窠臼，但是它却蓦地激活了我遥远的回忆，让我想起了儿时与蜻蜓打交道的经历。

与蜜蜂、蝴蝶、鸣蝉、鸟雀等幼小的生灵一样，蜻蜓在童年绝对是最好的玩伴。那时全然不分什么红蜻蜓、黄蜻蜓和蓝蜻蜓，只要逮住了，就会顽皮甚至残忍地在其身上系上一根棉线，有时缠上一根细草，然后像放风筝那样，看它吃力地扇起双翼，向空中艰难地飞去。等到审美观念在懵懂的心里开始萌芽时，我这才惊奇地发现，在蜻蜓的家族中，我最爱的其实还是红蜻蜓——它的红，鲜而不俗，浓而不艳，纯粹得一尘不染，高贵得熠熠生辉，仿佛就是一颗会飞的红宝石。对于这颗"红宝石"，我始终充满了好奇之心，曾经多次问过村中的长辈及父亲，那红到底是怎么形成的，出生乡野的他们都说不出所以然来，这更加使我对红蜻蜓倾注了更多的目光，投入了更多的情感。

红蜻蜓是乡村的常客，河塘、沟渠、溪涧、水堰等四周，是它们最喜欢光顾的地方。天气晴暖的日子，它们会相约一起出去觅食，那飞行的阵势在宏观上尽管难比"蜂拥而至"，但是远望似乎一朵祥云氤氲而来，别有一番景致，让人惊羡不已。的确，红蜻蜓是大自然的杰作，它们快似流星，坠如花瓣，静下来便是一枚精致的微雕。在刚刚收割的麦茬地里，它们是随风飞舞轻扬的彩雨；在青翠欲滴的水稻田里，它们是夜空扑朔迷离的繁星；流水汤汤的小河上，它们点水的优美姿势宛若灵动的芭蕾；荷花亭亭的池塘中，它们恰似国画大师手中那管神来之笔，写意出丰姿绰约的荷韵……

　　少年的眼中处处都是美景，少年的心里时时激动不已。每到黄昏时分，我与小伙伴们都必到村头与观看红蜻蜓的"个人表演"与"编队起飞"。单个的红蜻蜓在飞翔时，姿势特别地果敢与勇猛，一会儿俯冲，似有雷霆之势；一会儿疾驰，仿佛离弦之箭；一会儿停在空中一动不动，就像一架静止的直升机，那红润的机身，那透明的翅翼，在夕阳的照耀下闪烁着金属的光泽。每当群体的红蜻蜓"编队起飞"，我总会目不转睛地盯住它们，视线随着它们飞行的轨迹而移动。以至于后来每每在电视中看到直升机的起降，我的心中都会莫名地涌起一丝冲动，并由此联想到中央电视台《动物世界》解说员赵忠祥的一句感慨："伟大的仿生学，就是人类向动物界学习的结果！"

　　说到《动物世界》，这可是我喜爱观看的电视节目之一。在其中的专题片《蜻蜓的家族》里，我终于找到了童年存在疑惑的那个答案，原来红蜻蜓只是生物蜻蜓的一种，那红是雄性蜻蜓成熟的主要标志，而雌性蜻蜓多为黄色，其他颜色的还有蓝面蜻蜓、长痣绿蜓、玉带蜻蜓、彩裳蜻蜓等。同时也明白了"蜻蜓点水"的本意，是蜻蜓在用颤动着的身体全力地排卵，这种生育的本能延续，是那么具有韵律动感与生命激情，可这并非红蜻蜓的"专利"，因为这在之前它已经用弓起的半弧完成了繁衍的使命。

　　当然，对于红蜻蜓的喜爱远非我一人。齐白石老先生一生就画了上万只红蜻蜓，他在《莲蓬蜻蜓》中，将书法的笔韵和篆刻的线条有机地融于作品之中，画面简约，笔法春秋，使整幅构图平添了许多意想不到的情趣。著名作家汪曾祺的画图也极富生活气息，是一只蜻蜓展开四翅在空中作停留状，一旁则是一根稻草做的圆圈作欲套状，至于那只蜻蜓的命运如何，当然只能靠观者自己去发挥想象了。

　　我不会凭空臆想的。双休日里，我会背上心爱的相机，回到乡村，深入田野，无数次地为红蜻蜓聚焦，并为这幅组照命名为《红色精灵》……

红 鸡 公

　　整理本土文化名人的一些历史资料，再次拜读何学海先生1978年创作的童话《美丽的公鸡》，我在欣赏这篇佳构妙制的同时，思绪又回到了那炊烟袅袅的秀美乡村，想起了那鸡鸣犬吠的村居生活。

　　农村的孩子人人皆知：鸡打鸣，狗看家。打鸣的当然是公鸡，可是在我们乡下，"公鸡"却被一律地唤作"鸡公"，就连母亲所教的童谣也这么唱道："大鸡公，请你早点啼，好让小妹和小弟，大家都早起，早起空气好，读书最容易，专心读几遍，永远不忘记……"喜爱刨根问底是大多数孩子的天性，我将此事讨教于在乡村也算是能人的父亲，他挠了挠头，也说不出个所以然来。正是带着这样的疑问，我开始了人生的求学之路。

　　正如童谣里所唱的那样，求学之路也是与公鸡分不开的。母亲一般在鸡叫第一遍的时候开始起床纺棉花，鸡叫第二遍的时候喊我起床，到鸡叫第三遍的时候，我就风风火火地跑出家门，挨家挨户邀约小伙伴到离村不远的学校去上学。此时的公鸡，早已飞到了靠近院墙的草垛上，那红红的鸡冠高高耸立，一双眼睛炯炯有神，紫红色的羽毛闪闪发光，酱褐色的双翅寒气逼人，双脚似雄鹰的铁爪，嘴巴像带孔的钢锥，那威风凛凛的样子有如统领三军的大帅。因此从神态上看，在鸡群之中确实有"公"的风范。

　　在当时的乡下，母鸡的"鸡屁股"就是一个小小的"银行"，那椭圆形的鸡蛋在以物换物的小卖部里，能为我们读书带来笔墨纸砚，因此母亲不会轻易去宰杀的。公鸡在平时也不会招来杀身之祸，除非在过年祭祀的时候。

按照乡村习俗，祭祀时是少不了猪肉、鲤鱼和公鸡的，其中"鸡"的寓意为吉祥如意。特别有趣的是，母亲在宰杀公鸡之后，不会将其身上的羽毛全部褪去，而是在其头部、尾部和双翅上都会留下几根，基本保持全鸡的形象。问母亲这样做的缘由，她如父亲一样也不明就里，只是一句"这是祖宗留下的规矩"就将我轻易打发了。不过这无关紧要，在我认为，公鸡能够成为祭祀的祭品，这是一种幸运，更是一种福分了。"鸡公"也许会说："忝列三牲，虽死犹荣！"

年少时还有一事颇觉蹊跷：那时乡村的文化极其贫乏，偶尔会有黄梅戏的戏班到村里来进行演出，可是在每出戏的开台之前，班社的班主都会左手擒着一只大红的公鸡，右手握着一把明晃晃的菜刀，在锣鼓点敲响的同时，将菜刀抹向公鸡的脖子，那鲜红的鸡血随即喷向戏台的台口，留下惊心动魄的一幕挥之不去。二十多年之后，在我编撰地方文化读本《印象怀宁》时，这才从相关文献中找到了答案，原来"金鸡"为旧时社戏所祀之神，属于道教文化的产物，来自艺术之神"二郎神座"下的"金鸡"和"玉犬"。故而，杀鸡祭台就是对所祀之神的敬畏与朝拜。诞生于 1981 年（农历鸡年）的电影大奖"金鸡奖"，既有金鸡啼晓象征百家争鸣的寓意，更与其所祀之神有着密不可分的关系。

随着年龄的增长，阅历的增加，在我认为，公鸡被冠以"鸡公"的雅称，可能还有一个重要原因。在我国的古代，鸡有"五德"的头衔，其典故出自汉代韩婴的《韩诗外传》，是借田饶之口所作的一个比喻："君独不见夫鸡乎？头戴冠者，文也；足傅距者，武也；敌在前敢斗者，勇也；见食相呼者，仁也；守夜不失时者，信也。"可能正是因为具有文、武、勇、仁、信这"五德"的缘故，自古以来，人们便以鸡来谐音"吉"，视鸡为祥禽，并且将其作为火精的象征，说它是由玉衡星变成的，同时还将夏历的正月初一确定为"鸡日"，南宋诗人吕本中的《宜章元日》中就有"避地逢鸡日"的句子，指的是他到宜章的日子，不早不晚，正好是正月初一。

"公鸡公鸡真美丽，大红冠子花外衣，油亮脖子金黄脚，要比漂亮我第一！"细细品味何学海先生的童话，我的脑海里再次浮现出红鸡公的形象来，它在晨霭中，站在房前的草垛上引吭高歌，一遍又一遍地催促人们早起……

红 鲤 鱼

平生并没有什么特殊的嗜好，除了双休日偶尔出去钓钓鱼。由于是纯粹的野钓，收获的多数是大小不均的鲫鱼，不过也有幸运的时候，竟然两次钓起了肥嘟嘟的红鲤鱼。

鲤鱼的红，准确地说是黄里透红——它的周身呈金黄色，而背鳍、尾鳍、臀鳍则为橙红色。在我们乡下，鲤鱼的叫法是以重量来区别的，一斤以下的称作"鲤拐"或者"拐子"，一斤之上的才叫"鲤鱼"，并且在大多数情况下，乡亲们是不会购买鲤鱼食用的。因为按照乡村流传下来的习俗，鲤鱼一般被当作勤劳、善良、坚贞、吉祥的象征，因此通常只有在三种情况下能够见到它的身影：一是在过年的时候，它与猪肉、公鸡一起作为"三牲"，在祭祀时派上用场；二是在年夜饭的餐桌上，烹制好的鲤鱼将被放在首席的最上端，称之为"听话鱼"或"发财鱼"；三是在结婚的喜宴上，鲤鱼的上面会贴上大红的"囍"字，用作祝福一对新人"富贵有余"。当然，这些鲤鱼绝对是不允许动筷子的，故而在那个缺衣少食的孩提时代，我们竟然不知道鲤鱼到底是什么滋味。

饕餮是人类的本性，品尝成了舌尖的追求。第一次享用的河鲤，就是我野钓的"战利品"——一条两斤多重的红鲤。鲤鱼的吃法较多，可红烧，可卤块，可糖醋，还可腌制，清朝同治年间出版的《江夏县志》就有记载：武昌黄鹄矶头出产的鲤鱼"味独鲜美，立冬后腌鱼者争购之，他省呼之曰楚鱼。"但是从美食养生的角度出发，清炖最为科学，其制作方法并不复杂，首先将鲜活的红鲤破腹去脏，剔腮除鳞，洗净沥水，然后在鱼身两侧分别斜剞花刀，再置于盆内撒上精盐，浇上料酒，腌渍三五分钟后，把姜丝、葱白、蒜片、腊肉等佐料置于鱼身，待锅中水烧开后，入锅清炖十五分钟即可。出锅的"清炖红鲤"色泽红亮，肉质细嫩，香鲜微甜，汤汁浓郁，装盘时倘若选用青花的瓷盆或鱼盘，那青白交织、红黄相间的雅致效果，定会使人食欲大开，齿颊流芳。

鲤鱼中的极品，据称当属黄河鲤，并且有人将其与淞江鲈鱼、兴凯湖鱼、松花江鲑鱼并誉为我国四大名鱼，同时自古就有"岂其食鱼，必河之鲤""洛鲤伊鲂，贵如牛羊"之说。近几年先后到过洛阳、开封、郑州、济南等地，"糖醋黄河鲤""石烹黄河鲤""清氽黄河鲤""黄河鲤焙面"等美味佳肴，确实使人大快朵颐，这也难怪黄河一带流传着"没有老鲤不成席"的谚语。

"良人玉勒乘骢马，侍女金盘脍鲤鱼。"食鲤获得的仅仅只是一种口福，而爱鲤则倾注了人们特殊的情感，孔子就是其中的代表人物之一。据《史记·孔子世家》记载，鲁昭公九年（公元前533年），孔子19岁，娶宋人亓官氏之女为妻。一年后，亓官氏为孔子生下一子。孔子当时是管理仓库的委吏，得到鲁昭公赏识。鲁昭公派人送来一条大鲤鱼，表示祝贺。孔子以国君亲自赐物为莫大的荣幸，因此给自己的儿子取名为鲤，字伯鱼。后世孔氏子孙以此讳而称之为"红鱼"，祭祖时不用鲤鱼而用鲫鱼代替。

古时，天上有鸿雁传书，河里有鲤鱼送信。唐代诗人王昌龄有诗云："手携双鲤鱼，目送千里雁。"这里所说的"双鲤鱼"，并非真是两条鲤鱼，而是形若鲤鱼的信函，在此用以代称"书信"。据称，自唐代贞观年间开始，就用厚茧纸制作信函，形若鲤鱼，两面俱画鳞甲，腹中可以藏书，名曰"鲤鱼函"。信函为何要制成鲤鱼之形？典出汉代乐府民歌《饮马长城窟行》，歌曰："客从远方来，遗我双鲤鱼。呼儿烹鲤鱼，中有尺素书。长跪读素书，书中竟何如？上言长相思，下言加餐饭。"因这首烹鱼得书的民歌，铺衍出了鲤鱼传书的故事。"江中有鲤鱼，频寄书一纸"（陆游《送子龙赴吉州掾》）与"淮上东来双鲤鱼，巧将书信渡江湖"（苏轼《次韵刘景文见寄》）这两句诗，都反映了鲤鱼在水中担任了通信使者的形象。因此，信函在诗文中往往被雅称为"鱼函""鲤封"。书信也叫"鱼书"，信使则称"鱼雁"。

行文至此，不能不说到另外一个典故："鲤鱼跳龙门"，古代传说黄河鲤鱼跳过龙门（山西省河津市禹门口），就会变化成龙。《埤雅·释鱼》

云："俗说鱼跃龙门，过而为龙，唯鲤或然。"清代李元在《蠕范·物体》言："鲤……黄者每岁季春逆流登龙门山，天火自后烧其尾，则化为龙。"后人据此将该典故用作金榜题名、飞黄腾达的代名词，或逆流前进、奋发向上的比喻义。

享有上述别致的雅称和这种美好的祝愿，红鲤鱼，此生足矣！

红 蚯 蚓

　　可能是伏案较多或者运动不够的缘故，人到中年忽地觉得腰酸背疼，有时也感到颈椎不适。一位略通医道的朋友劝慰说："不妨去乡间野钓，这对腰椎和颈椎绝对有好处！"从此只要到了双休日，我都会抽出一点时间，骑着电瓶车，赶往离家十多公里的湖堰塘塥，将所有的疲惫、困惑和杂念，都放逐到静静的水面之上。不过在动身之前，一定会在小区附近的渔具店里，花一元钱买上一袋红红的蚯蚓。

　　红蚯蚓是鱼儿的最爱，这点在我童年的时候就有所领教。我的老家在长江北岸的一个圩区，塘堰遍布，沟渠纵横，其中门前的驮龙沟就是垂钓最理想的场所。那时的钓钩制作比较简单，多数由母亲缝制的衣针随便弯曲而成；饵料自然是就地取材，用铁铲在房前屋后的潮湿处胡乱鼓捣几下，柔软蠕动的蚯蚓就会在新翻的泥土里裸露无遗。那又粗又长的黑蚯蚓不会吸引我们的眼球，发现它们，一般都是顺手丢给附近的鸡鸭啄食，我们首选的目标则是那粗细均匀的红蚯蚓——至于鱼儿能不能分辨这种红色，真的不知道有没有科学依据。垂钓时，将鱼钩从蚯蚓的圈颈部插入，尾端落在钩尖之外，这时被伤害的蚯蚓会拼命地挣扎，正好可以吸引贪嘴的鱼儿。于是，一种生物的临死挣扎，开始诱骗另一种生物步入死亡陷阱，而设置死亡陷阱的人，则展现着残忍之外的智慧。

　　将智慧冠以"残忍"，这尽管不是我的本意所在，而在现实生活中，我们倒自觉或不自觉地卷入了其中，充当着"刽子手"或"冷血者"的角色。记得在读小学时，老师在一节课堂上讲到了蚯蚓的再生能力，几个顽皮的同学积极响应，马上跑到教室后面，用瓦片挖到了一条肉红色的蚯蚓，并随手将蚯蚓一扯为二，然后放到一只透明的罐头瓶里开始试验，到了第二天，大家发现被扯断身躯的蚯蚓果然变成了两条，不仅活力犹存，而且连原来的伤口也愈合如初。可能正是发现了这其中的奥秘，在那个没有玩具、缺少娱乐的时代，这可怜的红蚯蚓与绿蜻蜓、黑蚂蚁、花蝴蝶等弱小动物一样，成为了我们施虐的对象，尤其是红蚯蚓，它常常被一节一节地切成段，放在瓦片做成的"碗"里与"盘"中，当作一道"美味佳肴"，供大家像模像样地进行品尝。

童年的游戏虽然历历在目，可对蚯蚓的再生能力终究不得其解。一个偶然的机会，观看中央电视台的《动物世界》，这才从中找到了答案：再生是生物个体或器官对非自然丢失部位的修补和复原，在无脊椎动物中，环节动物拥有快速再生完整体节的独特能力，蚯蚓就是其中的典型。蚯蚓的体段从头到尾都有再生能力，但不同体段的蚯蚓再生能力不同，有头无尾、无头无尾的体段再生速度比无头有尾体段的要快。由此不能不让人慨然地发出感叹：脆弱的生命，同样蕴含有人类不可比拟的顽强！

其实何止是这种顽强，在蚯蚓的身上，还凝聚着诸多美德与品格，这里不妨首先看它无私奉献的精神。生物学家达尔文在其著作《腐殖土的形成》中介绍说，蚯蚓一般居住在距离地表约 1.5 米的地方，绝大部分时间都在泥土里纵横捭阖，它在寻觅食物的同时，也在为庄稼松土和施肥，达尔文对这种奉献有个惊人的测试结果：在每英亩土地中，每年由蚯蚓带到地面的肥土达 18 吨！蚯蚓勇往直前的气概也值得人们颔首称道，它的挖掘艺术堪称举世无双，其唯一的工具就是微尖而有力的头顶，它以精致的结构插入各种细小的缝隙间，之后绷紧全身让头部像楔子一般挤开周围的泥土，如果遇到石块或者树根，它还懂得避实就虚，曲线前进，这种智慧绝对不啻于自以为是的人类。尤其值得推崇的，是蚯蚓专心致志的进取姿态，荀子在《劝学》中就曾经赞道："蚓无爪牙之利，筋骨之强，上食埃土，下饮黄泉，用心一也。"心浮气躁、好高骛远的人啊，你永远应该感激：一种卑微生命的存在，都是对造物主无言的赞美！

既然具有许多人类不可比拟的美德和品格，红蚯蚓，对你的戕害于我而言真是一种罪过！以后的双休日再出去野钓，我不得不重新选择饵料了，真的不忍看你在我掌心痛苦蠕动的样子，不忍看你被那贪婪的鱼儿争相啄食的残酷……

红 瓢 虫

　　读朱世忠先生的博文《向瓢虫们致敬》，自然而然地联想到法国著名昆虫学家、文学家法布尔的《昆虫记》。通过比较与分析，没想到少年时我并不喜爱甚至有点憎恶的红瓢虫，竟然是菜蚜、麦蚜、蔬菜蚜的天敌，并让我从此记住了这首儿歌："红瓢虫，穿甲壳，好像一辆小坦克。威风凛凛叶上过，吓得蚜虫纷纷躲。"

　　说少年时我并不喜爱甚至有点憎恶，主要的原因在于瓢虫的可玩性不足，它不像蝴蝶那样可以翩飞，不像蜻蜓那样可以振翅，不像蟋蟀那样可以弹琴，这样根本无法吸引顽劣孩童挑剔的眼光，同时，它那身红色的"外套"缀上七颗醒目的黑色斑点，在视觉上并不能带来赏心悦目，再加上它爬行的速度极慢，在掌心里给人的感觉，痒痒的，怪怪的，因此从小对瓢虫似乎就有点排斥。

　　这种排斥最初体现在菜园除虫上。其时，家中的菜园并不是很大，所种的蔬菜不过辣椒、萝卜、茄子、豇豆之类。母亲每次前往菜园摘菜时，我们弟兄仨人都喜欢屁颠屁颠地跟在后面，这除了偶尔可以打打牙祭的功利性之外，更多的是想在菜园里寻找一份童贞的乐趣。而这乐趣之一就是除虫，豇豆中蠕动的青虫，菜叶后密布的蚜螨，黄瓜上驻足的飞蛾，肯定都是我们使出"杀手锏"的对象。当然，在藤蔓间穿行的瓢虫也难逃厄运，常常被我们装进灌了水的玻璃瓶中，然后看它们如何狼狈地游泳、拼命地上爬、垂死地挣扎——孩童的顽劣性，将其完全归咎于天性使然，肯定有失偏颇，但是这种顽劣在懵懂无畏的年代，在一定程度上又丰富了枯燥无味的乡居生活，那么是否真的有必要对其求全责备呢？

其实，这根本无须准确的答案，因为瓢虫本身就是一个矛盾的统一体：一方面，它啃食某些农作物的叶片和叶芯，这于农民而言是有害的；另一方面，它又是蚜虫和螨虫的天敌，每天消灭的害虫在 50 个到 70 个之间，算得上是益虫之列。而在经常打理菜园的母亲眼中，这暗红色的瓢虫与嗡嗡叫的蜜蜂一样，都是给花朵授粉的"天使"，甚至还给它起了一个好听的名字——淑女虫。我们不明就里，追问母亲这别名的来历，母亲笑着说："你看它们起飞的时候，两侧的翅膀轻缓悠闲地旋舞，多像一位撑着花伞漫步的娴雅淑女。"母亲的这个比喻虽然有点新奇，可是害苦了左邻右舍的姐姐妹妹，因为只要她们款款地经过我家的门前，我们弟兄仨人就会嘻嘻哈哈地开起玩笑："红瓢虫！红瓢虫！"最为好笑的是，在观看完黄梅戏《七仙女》之后，小弟竟然脱口而出："七星瓢虫！"闻听此言，我和二弟笑得上气不接下气，倒是弄得母亲一头雾水："你这三个嚼蛆的（方言，话多的意思），什么七星瓢虫，那是七朵金花！"

当然，母亲对于瓢虫的认知仅仅只是感性的，她不知道瓢虫从卵生长到成虫，大概需要多长时间，更不知道瓢虫需要经过几次蜕皮，才能完全发育成熟。事实上，假如我对法布尔的《昆虫记》产生不了任何兴趣的话，那我也无法准确地说出这个答案。瓢虫的生命极其短暂，前后加起来只有一个多月的时间，并且在这段时间里，要经历 5 至 6 次蜕皮，每次蜕皮后，身体都会继续增长，直至积蓄足够的能量步入虫蛹阶段。与凤凰涅槃和化茧成蝶有点类似，瓢虫的蜕皮过程令人难以想象，其幼虫的身体将被分解，然后重新组合、调整，再加以修饰、装扮，即使是破蛹而出了，成年的瓢虫还要经历一些转变，因为此时它的身体仍旧柔软娇嫩，必须暴露在阳光下，吸取足够的养分，使它的体色慢慢加深，斑纹逐渐显露出来。几个小时之后，它那椭圆形的暗红色躯体，才能真正发育成"撑着花伞漫步的娴雅淑女"。

及至年龄稍长，总觉得"淑女虫"的称谓有点另类，于是搜肠刮肚地联想，意外发现它与城市里行驶的红色轿车颇为相似。好奇地蹲下身子仔细观察，瓢虫的爬行速度实在不敢恭维，它没有蚂蚁那样反应敏捷，没有蜗牛那样亦步亦趋，但它始终镇定自若，处乱不惊，不失为一个生存的智者，就像庄子在《齐物篇》里说的那样："大智闲闲，小智间间。"因此，请不要小觑红瓢虫，在它的身上，我们多少是能学到一点生存之道或处世哲学的……

红　蜘　蛛

　　世事多累，少有闲情逸致坐在客厅里观看电视连续剧。一日百无聊赖，随手按动遥控器，一部名为《红蜘蛛》的片子却使我的手指停了下来。顶多只有两分钟的时间，我便决定将这部纪实性的故事看下去，这不仅仅因为其素材来源的真实性、跌宕起伏的悬疑性、背景取舍的技巧性，更多的在于这些发生在现实生活中的典型案例，可以直观地给人带来震惊、思索和感叹，能够让人们在美丽与丑恶的对比中领悟到人性的真谛。

　　从电视剧的取名来看，编剧陈育新是深谙艺术之道的，这种暗喻好似诗歌中常用的意象，从一开始就决定了其被大众认同的贬义性。我一生只知道耕耘稼穑的父亲，自然不懂得诗歌的意象，但他却深知红蜘蛛的危害性，并且无数次使用物理的和化学的方法来遏制它们的蔓延，尽管收效甚微，他却乐此不疲。有时，父亲还咬牙切齿地说："我就不相信我消灭不了这些红虱子！"

　　显然，父亲在这个问题上犯了概念性的错误，他把"红蜘蛛"比作"红虱子"，完全只是从形似这个角度来考量的，有点低估红蜘蛛生命的顽强性和危害的严重性。更让父亲不可理解的是，红蜘蛛并非真正意义上的蜘蛛，它的学名叫作"朱砂叶螨"，是一种温带的农林害虫，分布广泛，食性较杂，可危害110多种植物，其中在江淮地区，最容易受到红蜘蛛侵害的农作物，首当其冲的就是棉花。

　　每年的七八月份，正是棉花结铃绽蕊的时节。尽管酷热难当，土地干裂，棉铃虫和红蜘蛛却异常地活跃——棉铃虫专心啃噬棉桃,红蜘蛛一心吸食汁液。被红蜘蛛刺吸式口器刺伤的棉株,很快会在高温下失去本来的光泽,呈现出萎靡不振之态,甚至停滞生长发育。表现最为明显的就是棉叶,原本葳蕤葱翠的叶面,没过几个时辰竟然变成了暗红色或褐红色,有如寒霜打过的红枫。掀开棉叶的背面,映入眼帘的会是密密麻麻的红蜘蛛聚在一起,使人浑身顿时都起鸡皮疙瘩。对此,父亲常用的化学方法就是农药除虫——记得那时,父亲使用的农药都是剧毒的 1605 或 1059 之类,加上喷洒时气温较高,很容易让人中暑或中毒。

然而,红蜘蛛的抗药性和耐药性也是惊人的,很多药物只是杀得了部分而杀不死全部,或是杀得了幼虫而杀不死成虫,或是杀得了成虫而杀不死虫卵。父亲无可奈何,只能动用传统的物理方法来加以灭除。这下可苦了母亲和我们弟兄仨人,炎炎烈日之下,五个高矮不一的身影,忙碌地穿梭在一望无垠的棉垄之间,只要看见泛着微红的棉叶,就小心翼翼地将其整片摘下,然后放进随身携带的一只水盆里。红蜘蛛的模样特别瘆人,却吓不倒见多不怪的乡村顽童,中途休息的片刻,我们会蹲在田间地头,有滋有味地观察红蜘蛛在水中拼命划水的窘态,有时也会高举着棉叶,任那火辣辣的太阳将叶片慢慢地烤焦,再从口袋里摸出藏匿已久的火柴,一把火将叶片烧了,被烧焦的红蜘蛛会发出"哔哔啵啵"的声音。一直反对我们玩火的父亲,此时却从不言语,在他的心里,是否会有那种咬牙切齿之后体验的快慰呢?结果不得而知,也无须知晓。

屈指算来,含辛茹苦的父亲离开人世已有十多年,红蜘蛛也早已淡出了我的视野,可这次观看著名导演张军钊执导的 20 集纪实电视连续剧,心里却五味杂陈,感慨良多:10 个不同职业、不同经历的女人,皆因舍弃人格和丧失人性而坠入犯罪的深渊,最终走向阴森恐怖的刑场,这与害虫红蜘蛛最终的命运难道仅仅只是一种契合吗?不顺应自然之规,反遵循相处之道,何来悲天悯人的情怀,何来共存共荣的进步!红蜘蛛,也许永远不会成为人们歌咏的对象……

后记：天地间那一抹袭人的红

　　大千世界，奇花异草众多；纷纭人生，兴趣爱好各异。于我而言，能将视域专注在天地间那一抹袭人的红上，并断断续续将其留诸笔端，敲诸键上，属偶然，也属必然。此刻，分门别类将其整理成册，捧卷在手，既欣然，亦更怡然。是呀，"寒龟不食犹能寿，散帙何施亦自珍"（宋·陆游《初夏幽居》之二），透过这或深或浅、或浓或淡的"红"，至少我自己能够反观过去丰富的经历，弄潮曾经丰沛的情感，回味人生丰盈的感喟……

　　先说偶然与必然。《民间的红》这部作品的创作动因，纯属偶然。时光得回溯到20世纪90年代初期，那时迷恋上文学的我，对散文诗的创作如痴如醉，先后写下了《红灯笼》《红蜻蜓》《红菱角》等多章作品，并在全国各地的大小报纸杂志陆续发表，最后由湖南的《散文诗》杂志作为专辑隆重推出，艺术反响空前，读者评价颇高，这极大地激发了我的写作热情。尽管散文诗这种体裁形式比较自由，节奏比较明快，抒情比较酣畅，但是毕竟受到篇幅的限制，不能也无法将自己的所见所闻、所思所悟充分地得以表达，于是退求其次，尝试着改写了几篇抒情性散文，达到的效果却是吹糠见米。正如爱因斯坦所言："没有侥幸这回事，最偶然的意外，似乎也都是有必然性的。"从2014年起，在繁忙劳碌的工作之余，我将写作的题材大多聚于"红"上，并承蒙云南省《大理时讯》的厚爱，以《民间的红》系列散文为题，在该报的"花甸坝"与"清碧溪"两个副刊专栏隆重首发，这样在两年不到的时间里，共完成了如今结集出版的近60篇作品。

次说欣然与怡然。任何一种文学题材的写作，专注在一个点上，既是莫大的幸事，也会遇到不小的阻碍，在这创作的过程中，于我是感受最为强烈的。在最初的敲键时，由于没有条条框框的限制与瞻前顾后的束缚，许多作品是一气呵成，并且只要对外投稿，中稿率还是蛮高的，这对于一个相对业余的写作者而言，用"欣喜若狂"来形容内心的冲动与激动，想必也不为过，甚至一度沾沾自喜起来，认为自己挖到了文字的"富矿"，可以在"红"上施展拳脚，大做文章。事实上，写作也是把锐利的"双刃剑"，功利性必然削弱艺术性，数量性肯定影响质量性，所以越到后期，写作的难度越高，突破的压力越大，不过从一开始，我就将文笔的基调定在"民间"上，同时注重个人情感、社会阅历、民俗文化等方面的有机融合，从而使得整部作品基本上做到了主旨突出又特色彰显，一脉相承又独立成篇，以至于掩卷反观过去一段时间写作的历程，内心何止是"有所穆然深思焉，有所怡然高望而远志焉"（《史记·孔子世家》）。

再说憾然与释然。散文集《民间的红》共分为"红之魅""红之味""红之物""红之灵"等四个专辑，这种划分严格意义上说并不够严谨，加上自己认知的有限与经历的肤浅，民间还有好多的"红"并没有挖掘出来，难免有遗珠之憾。好在我的创作并没有停止，并且以《美在民间》为主题，正在有条不紊地进行中，之前没有考虑到的一些素材，完全可以纳入这个专辑里，因此心中多少还是"释然放怀，无复芥蒂"（沈括《梦溪笔谈·神奇》）的。

《孙子兵法》云："人无常师，水无常形。兵无常势，文无定法。"散文集《民间的红》仅仅只是个人心得体会的总结，加之部分文章在架构上落了窠臼，因此有待大方之家不吝赐教！此为后记。

作 者

2017 年 12 月 20 日